www.tredition.de

AF185070

Erwin Böning

Schlüssel zum Gestern

www.tredition.de

Erwin Böning,
lebt und arbeitet in Oldenburg.

„Schlüssel zum Gestern" ist sein
erstes Werk.

Titelbild: Erwin Böning, „Schlüssel" (2007), Acryl auf Leinwand (Ausschnitt)

© 2020 Erwin Böning

Verlag & Druck: tredition GmbH, Halenreie 40-44, 22359 Hamburg

ISBN
Paperback: 978-3-347-07242-8
Hardcover: 978-3-347-07243-5
e-Book: 978-3-347-07244-2

Wissenschaftler gehen davon aus, dass Reisen in die Vergangenheit und zurück in die Gegenwart möglich sein könnten.

Sie fürchten allerdings auch, dass das zu enormen Problemen führen würde:

Erlebt der Zeitreisende exakt die gleiche Vergangenheit wie schon einmal? Trifft er auf genau die gleichen Menschen? Kann er am Verlauf seines Lebens etwas ändern, so dass die Gegenwart nach seiner Rückkehr nicht mehr die gleiche ist?

Und zuletzt: Trifft er sich selbst in der Vergangenheit und sind dann beide gleich alt?

Inhalt

Teil 1

Kapitel 1   Die Schlüssel

Ich weiß, dass ich den Schlüssel irgendwoher kenne. Woher nur?

Eigentlich ist es ein Schlüsselbund. Alt, viel benutzt, abgewetzt und leicht verbogen.

Der eine von den dreien ist ein Steckschlüssel. Die benutzte man früher, um aus einfachen Schlössern mit Bartschlüssel Sicherheitsschlösser zu machen, indem man ein kleines Metallteil im Schüsselloch verankerte, das man nur mit einem Sicherheitsschlüssel wieder entfernen konnte.

Hatte ich auch einmal. Ist aber lange her.

Die anderen beiden könnten ein normaler Haustürschlüssel und einer für ein Vorhängeschloss sein.

Ich weiß, dass ich sie kenne.

Witzig fand ich, dass genau in dem Moment, in dem mir die Schlüssel in den Schoß fielen, im Radio von einer „Schlüsselkonstellation" berichtet wurde. Irgend etwas Astrologisches. Merkur im so-und-so-vielten Haus oder vielleicht auch in Konjunktion zu irgend einem anderen Planeten. Vielleicht war es auch gar nicht Merkur. Haften geblieben ist bei mir nur, dass eine derartige Konstellation nur alle dreißig Jahre vorkommt. Die Astrologen verbinden alle möglichen mystischen und bizarren Ereignisse damit. Und das Ganze fände quasi in diesem Moment statt.

Es sei eben eine „Schlüsselkonstellation" – und in dem Moment fällt mir das Schlüsselbund in den Schoß. Zufall, aber irgendwie witzig.

Von unten höre ich die Bässe. Livemusik, was sonst. Da lässt Verena sich nicht lumpen. Wenn schon, denn schon. Vermutlich wieder die Drei-Mann-Combo vom letzten Jahr. Zuerst ein bisschen jazzig, später romantisch-kitschig.

Hoffentlich reicht mir der Whisky, den ich aus dem Wohnzimmer mitgenommen habe.

Einmal im Jahr veranstaltet meine Frau ein großes Fest. Sie nennt es Sommerfest. Eigentlich würde sie gerne ihren Geburtstag zum Anlass nehmen, aber der ist im November. Da kann man nicht mit unserem – zugegeben – wunderschönen Anwesen angeben. Dann ist alles braun und grau und man kann die Nachbarhäuser sehen.

Jetzt im Juli kann man angeben: Alles ist grün. Die gewaltige kurzgemähte Rasenfläche gibt dem Ganzen einen parkähnlichen Charakter und der Zugang zum See verleiht ihm einen ganz besonderen Charme. Die alten Bäume lassen das Anwesen beinahe herrschaftlich, ja adelig erscheinen. Der Steg ist auf alt gemacht. Man nennt es wohl „vintage".

Der Gärtner hat geschlagene drei Tage gebraucht, um wirklich alles auf Vordermann zu bringen. Da ist nichts dem Zufall überlassen. Gerade, dass den Vögeln ihr Alltags-Federkleid gestattet bleibt.

Wenn Verena dann noch, wie heute, das Glück hat, dass sich die Wärme des Tages bis in den Abend hält und es windstill ist, so dass man die Autobahn nicht hört, dann hat sie alles, was sie für ihr Megaevent braucht.

Geladen sind vierzig bis fünfzig Kollegen, Geschäftspartner, Wegbegleiter. Freund wie Feind. Die einen sollen bewundernd zu ihr aufschauen, die anderen innerlich vor Neid zerplatzen. Bis auf ganz wenige Ausnahmen kommen nur erfolgreiche Männer mit ihren Gattinnen und – Verena.

* * *

Seit sieben Uhr kreuzen Edellimousinen verschiedenster Marken am Ende der Kiesauffahrt auf, knirschen langsam auf das Gebäude zu und halten dann im Rondell vor dem Eingang mit den kitschigen Säulen. Das näherkommende Geräusch ihrer Reifen im Kies hat etwas Aggressives. Sie verweilen nur kurz, spucken die Creme-de-la-Creme der regionalen Wirtschaft, nebst Gattin, aus und verschwinden wieder.

Der leichte Duft von Sommerblumen, der gerade noch in der Luft lag – vielleicht Goldlack? – wird schnell von teuersten Parfümdüften überlagert, obwohl das Gesamtsetting die kleine natürliche Duftnuance gut hätte gebrauchen können.

Alle sind leger gekleidet, locker und sommerlich und doch ist hier allen klar, dass jedes einzelne Kleidungsstück etwa soviel kostet, wie ein Hartz IV-Empfänger im Monat zur Verfügung hat.

Eine hübsche junge Frau mit einem lächerlichen Häubchen und einer Minischürze steht mit ihrem Champagner-Tablett zwischen den Säulen. Sie ist von einer Agentur eingekauft. Das Lächeln ist im Preis inbegriffen und tausendfach geübt. Keiner spricht mit ihr; ein hübscher Garderobenständer hätte es auch getan.

Gleich vornean im Wohnzimmer empfängt Verena ihre Gäste. Gut sieht sie aus, längst nicht wie fünfundfünfzig. Schlank, groß, langes, welliges, dunkelbraunes Haar. Sie trägt ein kurzes Sommerkleid mit kunterbuntem Blumenmuster. Das Abendlicht, das durch die offene Terrassentür ins Wohnzimmer fällt, lässt ihre sportliche Figur unter dem dünnen Stoff erahnen.

Der Raum ist groß und luftig. Die Terrassentüren sind weit geöffnet und alle überflüssigen Möbel beiseite geräumt, so dass beinahe der Eindruck eines Tanzsaals entsteht. Das eigentliche Wohnzimmer unserer Kleinstfamilie ist nicht mehr zu erkennen.

Verenas Gesicht wirkt angespannt. Das sieht aber nur, wer sie genau kennt. Perfekt beherrscht sie das Managerlachen: Beide Wangen hochziehen, so weit es geht, und dabei die Zähne auf ganzer Breite zeigen. Nur den Augen kann man nicht befehlen zu strahlen. Das kann auch das beste Makeup nicht leisten.

Eine dezente Perlenkette schmückt ihr Dekolleté, um auch den reichlich anwesenden Juristen zu gefallen. Das hat sie mir einmal selbst gestanden.

Gerader Rücken, lange hübsche Beine, sonnengebräunte Arme, Hände mit langen schlanken Fingern.

Man sieht ihr an, dass sie den Moment trotz der Angespanntheit genießt. Sie ist stolz auf das, was sie erreicht hat. In einer Domäne, die immer noch fast ausschließlich von Männern beherrscht wird, hat sie sich einen beachtlichen Platz erkämpft.

Weniger stolz ist sie auf mich.

Als wir uns vor dreißig Jahren kennenlernten, war der gesellschaftliche Unterschied zwischen uns noch nicht so groß wie heute. Sie war seit zwei Jahren mit ihrem Wirtschaftsstudium fertig und hatte einen Einstiegsjob bei einer Unternehmensberatung. Ich studierte noch Psychologie in der Endphase, mit der Aussicht, in absehbarer Zeit auch das große Geld in der Wirtschaft verdienen zu können.

Unsere Herkunft dagegen hätte unterschiedlicher nicht sein können. Verenas Vater war Jurist und Inhaber einer großen Kanzlei im Bergischen Land. Ihre Mutter war Gattin und Mutter der einzigen Tochter. Den überwiegenden Teil ihrer Tage verbrachte sie mit „Charity". Irgend etwas gab es immer zu sammeln und zu unterstützen. Mal musste Nusskuchen zur Unterstützung der chilenischen Frauen gebacken werden. Mal galt es, eine feurige Rede für den Erhalt einer sozialen Einrichtung oder eines historischen Gebäudes zu halten.

Immer musste Eberhard, ihr Mann, zu gegebener Zeit und vor möglichst großem Publikum seine überdimensionierte Brieftasche zücken, um generös einen nicht zu kleinen Schein zu entnehmen. Diesen drückte er dann mit nicht zu überbietender, schlecht gespielter Bescheidenheit in Margrets selbstgebastelte Sammelbox. Sie bedankte sich überschwenglich und gab ihm je ein Küsschen rechts und links. Man glaubte kaum, dass es sich um das gleiche Paar handelte, das sich noch am Abend vorher ohne Publikum wie die Kesselflicker gestritten hatte.

Die gleiche große Brieftasche zückte Vater Eberhard auch jedesmal, wenn sich die kleine Verena mal wieder verkalkuliert hatte. Die ohnehin reichlich bemessene Apanage während des Studiums musste zeitweise aufgebessert werden, wenn Verena ihrem speziellen Geschmack in Bezug auf Kleidung, Möbel und Männer wieder einmal nicht hatte widerstehen können.

Mein Lebensstil während des Studiums wurde vom Bafög diktiert. Drei bis viermal die Woche Nachhilfe für Haupt- und Realschüler. Hauptsächlich Mathematik, aber auch alles andere, was Geld einbrachte.

Einmal im Monat durfte ich für kleines Geld die Zähler im ganzen Haus ablesen. Die Vermieterin war alt und gebrechlich und traute sich nicht mehr auf die Trittleiter. Auch im Ausrechnen der einzelnen Zahlbeträge traute sie mir mehr zu als ihrem eigenen vergesslich gewordenen Oberstübchen.

Mein Vater war Tiefbauarbeiter, meine Mutter Hausfrau. Große Brieftaschen, aus denen man bei Bedarf größere Scheine entnehmen konnte, gab es bei uns nicht.

* * *

Auf das Haus – besser gesagt Anwesen – ist Verena besonders stolz.

Mit tatkräftiger Unterstützung eines professionellen Architekten hat sie es selbst entworfen und gebaut. Vater Eberhard wird auf seine unnachahmliche Weise auch mitgeholfen haben.

Es muss außerordentlich schwierig gewesen sein, hier überhaupt zu bauen. Ich weiß das nur aus Erzählungen. Das alles passierte lange vor meiner Zeit.

Aber so viel ich vom Hörensagen mitbekommen habe, muss das gesamte Gebiet, bevor es bebaut wurde, unter besonderem Schutz gestanden haben. Der Zugang zum See war verboten. Die Kinder der benachbarten Häusergruppen und der Dörfer ringsum, durften selbst im heißesten Sommer hier nicht baden. Angeblich nutzten die scheuen Rehe des Waldes das Gewässer als Tränke. Badende, johlende und aufgeregt hin und her tobende Kinder hätten die Tiere angeblich für immer vertrieben oder gnadenlos verdursten lassen.

Die Kinder mussten im Sommer daher schon immer mit dem Fahrrad in das beinahe acht Kilometer entfernte Freibad fahren, um – wie es üblich war – Freischwimmer, Jugendschwimmer, Arschbombe und Köpper vom Dreier zu absolvieren. Nicht zu vergessen der allgegenwärtige Kicker, an dem man erste zarte Kontakte zum anderen Geschlecht ausprobierte. Die besten Chancen hatte der, der mit gnadenlosen „Rundschlägen" die Gegner von der Platte putzte. Das Ganze wurde abgerundet mit einer Lakritzschnecke und einem Wassereis.

Alles schön, wichtig und jugendprägend, aber beinahe acht Kilometer entfernt. In gleißender Sonne mit nackten Füßen hin – und zurück in nasser Badehose.

Da wäre ein einfacher Sprung in den See direkt vor der eigenen Haustür schon dreimal wünschenswerter gewesen. Zarte Kontakte hin, Lakritzschnecke her.

Ging aber nicht. War streng verboten und mit einem Zaun abgesichert.

Die Rehe waren so scheu, dass sie wohl nur nachts zum Trinken kamen; gesehen hat sie jedenfalls nie jemand.

Groß war die Entrüstung bei den einfachen Leuten, die hier wohnten, als der Eigentümer des Sees plötzlich auf die Idee kam, das gesamte Ufer als Bauland zu verkaufen.

So einfach ging das natürlich nicht. Etliche Klagen bei Verwaltungsgerichten, unzählige Artikel in den regionalen Zeitungen, Interviews im lokalen Fernsehen, Protestaktionen vor dem Zaun und bitterböse Leserbriefe im lokalen Blatt waren die Folge. Sogar die Landtagsabgeordneten aller Parteien wurden zu einer Ortsbesichtigung eingeladen. Da aber gerade nicht Wahlkampf war, kam nur einer, der in der Nähe wohnte und wohl auch sonst nicht gerade überbeschäftigt war.

Aber es half alles nichts. Jeder im Umkreis von fünf Kilometern kannte inzwischen das Naturschutzgebiet „Stiller Forst" mit dem Diamantsee und dem brandenden Kampf zwischen einfachen Einheimischen und dem von außen hinein drängenden Kapital, das sich hier eine friedliche, aber mondäne Ruhezone wünschte.

Nach nur vier Jahren wurde gebaut. Alle Prozesse waren verloren und die soziale Polarisierung des kleinen Vorortes vorprogrammiert.

Der Vorbesitzer und seine Nachkommen hatten für alle Zeiten ausgesorgt.

Die Rehe müssen wohl abgefunden worden sein oder haben von sich aus eine andere Tränke gefunden.

Die Grundstücke waren binnen kürzester Zeit vergeben. Die Quadratmeterpreise wurden geflissentlich unter dem Deckel gehalten.

Die Grundstückszuschnitte für die zweiundvierzig zu bauenden Häuser waren absolut großzügig und so gehalten, dass keiner mehr als unbedingt nötig die benachbarten Anwesen einsehen konnte. Der alte Baumbestand wurde so gut wie möglich vor den Baufahrzeugen geschützt und so als Sicht- und Sonnenschutz erhalten.

Die Häuser waren groß, protzig und überwiegend an Hässlichkeit nicht zu überbieten. Jedem Psychologen gewährten sie - wie ein diagnostisches Hilfsmittel - einen tiefen Blick in das Innere des jeweiligen Bauherrn. Die gebogenen Riesengauben, im Volksmund schnell als „Rülpsdächer" tituliert, die Säulenhallen und die den gesamten Garten verunstaltenden überdimensionierten Kunstwerke ließen auf problematische Kindheiten und endlich mit Wohlstand gekittete Minderwertigkeitsgefühle schließen.

Nicht so das Haus von Verena.

Es hat auch einen Säulenvorbau - aber mediterran. Und das ist nicht hässlich oder kitschig sondern modern und zeitlos. Zu mindest noch. Auch der Rest ist mediterran und mit Kunstobjekten hält sich Verena zurück. Da traut sie ihrem eigenen Geschmack nicht und fürchtet, sich lächerlich zu machen.

Auch hatte sie nie die sozialen Probleme mit den „Ureinwohnern", wie ein Großteil der anderen Neubürger.

Wir haben keine Kinder. Verena wollte keine. Sie hatte Angst, von Karrierefrau und Erfolgsmensch auf das Niveau „Muddi" abzustürzen.

Die anderen Neubewohner des Dörfchens, überwiegend Professoren, Chefärzte, Wichtigtuer und Erben, haben durchaus Kinder. Viele dieser Kinder wissen um ihren besonderen gesellschaftlichen Status und die gut gefüllten Konten der Eltern. Und das zeigen sie auch gerne.

Zur Schule, die etwa viereinhalb Kilometer entfernt ist, werden sie im SUV gebracht. Oftmals von Hausangestellten. Und das nicht nur, weil man ihnen die Strecke mit dem Fahrrad nicht zutraut, so wie es die einfacheren Kinder von der anderen Straßenseite halten. Eher fürchtet man den mit Sicherheit vorhandenen Sozialneid der Eltern, die in Gesprächen am Frühstücks- und Abendbrottisch kein gutes Haar an den „Neuen" lassen.

Auch die Wut der Kinder, die jahrelang - und nach wie vor - acht Kilometer hin und zurück ins Freibad fahren, ist nicht zu unterschätzen. Es gibt Stellen im Zaun, durch die man die Stege im See sehen kann. Dort kann man nachmittags auch sehen - und vor allem hören -, wie sich die Kinder der „Geldsäcke" in der ehemaligen Reh-Tränke vergnügen.

„Der Zutritt des gesamten Areals für Nicht-Anwohner ist verboten".

So sahen sich die Neusiedler von Anfang an gezwungen, ihre Kinder mit dem Auto zu Kindergarten, Schule, Flötenunterricht und Ballett zu bringen und anschließend wieder abzuholen. Oder bringen zu lassen.

Die Angst vor Übergriffen der als gewaltbereit eingestuften Dorfjugend war bei den Neubürgern allgegenwärtig. Nicht verstanden haben sie die Ursachen dieser Polarisierung: Schließlich haben sie Haus und Grund gekauft und ordnungsgemäß bezahlt.

Bis heute ist es – bis auf kleinere Rangeleien unter Schülern – ruhig geblieben. Aber der bebaute See ist zur Exklave geworden. Auch die „Neuen" haben untereinander kaum Kontakt gefunden. Zu groß ist wohl die Konkurrenz um Geld und Prestige und zu klein sind die Gemeinsamkeiten.

* * *

Um halb sieben wurde Verena nervös. Ihr Lächeln sah gefroren aus, immer häufiger schaute sie zur Uhr. Für sieben Uhr waren die ersten Gäste avisiert. Ich spürte, dass sie etwas sagen wollte, sich aber unsicher war, ob die Zeit dafür schon reif war. Oder sie hoffte, dass ich selbst drauf käme, was zu tun war.

„Ich geh dann mal nach oben und wünsche Dir einen super-bombig-schönen Abend. Bin sicher, dass alles klappt."

Küsschen links, Küsschen rechts – und Abgang.

So unangenehm die Ereignisse im letzten Jahr auch waren, sie tragen jetzt doch die richtigen Früchte!

Ich muss, ja darf nicht am „großen Sommerfest am Diamantsee" teilnehmen, sondern darf mich in mein Arbeitszimmer unterm Dach zurückziehen. Ich habe sozusagen einen richtig freien Abend gewonnen.

Verena wird mich bei allen entschuldigen. Mit schräg gelegtem Kopf und traurigen Augen wird sie vermelden: „Ihr wisst ja, wie das ist, wenn das Business ruft.

Eine unaufschiebbare Sache, sehr filigran, aber: Schweigepflicht! Ich weiß selbst nur ansatzweise, worum es geht. Ganze Existenzen stehen auf dem Spiel. Man mag sich nicht ausmalen, was passiert, wenn das schief geht. Vielleicht drückt Ihr meinem Mann ja die Daumen."

Dann sind einige beeindruckt, dass auch so einer wie ich irgendwie wichtig ist. Die anderen haben ähnliche, wenn nicht die gleiche Ausrede auch schon benutzt und haben auf diese Lösung seit dem Desaster im vergangenen Jahr gehofft. Trotzdem: „Schade, dass er nicht dabei sein kann", „immer eine Bereicherung" und „aber dann nächstes Jahr wieder ganz bestimmt".

* * *

Ich gehe mit breitem Grinsen durchs Wohnzimmer und nehme noch die Karaffe Whisky mit. Glas finde ich auf die Schnelle keins, man kann auch direkt aus Karaffen trinken. Zumal, wenn Verena es nicht sieht.

* * *

Im letzten Jahr durfte ich noch dabei sein. Es fing genauso an wie heute: Audi, Mercedes und auch mal ein Bentley. Dienernde Fahrer, Garderoben-Frau mit Champagner. Begrüßung: „Wie schön", „ich freue mich so", „bin so glücklich, dass Du es doch noch einrichten konntest", „toll siehst Du aus", bla bla bla."

Im Laufe des Abends muss ich wohl zu viel getrunken haben.

Die Gespräche waren wie immer. Die Zeit wollte und wollte nicht vergehen. Banker, Ökonomen, Juristen, Wirtschaftsprüfer, Unternehmensberater, Anlagespezialisten und alles, was die Wirtschaft sonst noch so hergibt. Kein Handwerker, kein Beamter, kein Naturwissenschaftler und kein Geisteswissenschaftler – nur ich: der Psychologe.

Der Umgang mit Psychologen ist überall gleich. Sobald man weiß, dass sie's sind, spricht man sie nicht mehr an. Denn vierzig Prozent der Menschen denken, „die haben selbst die größten psychischen Probleme". Bei nahezu allen Psychologen in Serien, Krimis und Spielfilmen ist das schließlich auch der Fall. Weitere vierzig Prozent befürchten, dass die Psychologen ihnen hinter die Stirn sehen können, was auf keinen Fall passieren darf. Diese Furcht lässt ahnen, was hinter diesen Stirnen vor sich geht. Die letzten zwanzig Prozent haben entweder gar keine Ahnung, was ein Psychologe ist und tut oder sie verwechseln Psychologen mit Psychiatern und Neurologen, mit Heilpraktikern und - wenn es ganz schlimm kommt - mit Physiotherapeuten.

Da man mich mied wie der Teufel das Weihwasser, schlenderte ich durch den Garten und versuchte, die Sommerdüfte und die Geräusche der noch im See spielenden Kinder zu genießen. Ich hielt mich an meinem Glas fest. Zuerst an einem. Dann kamen weitere hinzu. Ich wurde mutiger und sprach die Leute direkt an.

Früher hatte ich immer Erfolg mit meinen Therapie-Storys. Jede Macke anderer Menschen interessiert die Leute eigentlich, da sie ja selber keine haben. Nichts in der Welt ist so gerecht verteilt wie Normalität und Intelligenz: Jeder denkt, er habe mehr als genug davon abbekommen.

Auch das Elend der Hartz IV-Empfänger kommt normalerweise bei Partygästen immer ganz gut an. Diesmal – auf dem Fest vor einem Jahr – aber nicht.

„Sorry, ich muss da drüben noch etwas mit dem Andy besprechen".

„Das freut mich, dass es Ihnen so gut geht – ach da drüben ist ja Verena".

So ungeliebt zu sein, gefällt niemandem und ich muss meine Redebeiträge wohl – so genau weiß ich das leider nicht mehr – um die Schuldfrage am Elend der Menschen erweitert haben. Und auf die rhetorische Frage, wo die Schuldigen denn seien, muss ich wohl um mich herum auf die Anwesenden gezeigt haben.

Die nachfolgende hitzige Debatte kann ich nur noch wie durch einen Nebel erinnern. Auf jeden Fall wurde es laut. Sehr laut. Ich fürchte, es mündete in meinen Ausruf: „Dieses eure-Armut-kotzt-mich-an-Gehabe ist widerlich, armselig und passt nur zu Primaten wie euch". Oder so ähnlich.

Verena hat Monate gebrauch, um das wieder gerade zu biegen: „Er ist halt sehr im Stress", „Ihr müsst ihm nachsehen", „..... den ganzen Tag unter solchen Leuten, wer soll das aushalten?" und so weiter und so weiter.

Einige Gäste hat es wohl für immer vergrault. Meines Erachtens kein großer Verlust - Verena ist da leider exakt gegenteiliger Auffassung.

Nach fast einem halben Jahr Schmollen beruhigte sich das Ganze wieder, aber ich musste versprechen, das nächste Mal verhindert zu sein.

* * *

So habe ich heute das große Glück, verhindert zu sein, noch vor Anpfiff den Platz verlassen zu dürfen und mit einer Karaffe Whisky in mein Reich unterm Dach verschwinden zu dürfen. Tabak und Blättchen habe ich Anfang der Woche schon besorgt und oben versteckt.

Mein Arbeitszimmer ist schön und geräumig. Helle Tapete, kurzfloriger Teppichboden, schlichte Möbel vom Tischler, kein Schnickschnack.

Ich ziehe mich um. Die Wärme des Tages steht noch im Zimmer - aber mit T-Shirt und Shorts lässt es sich gut aushalten.

Leider habe ich das Zimmer in den letzten Monaten etwas vernachlässigt – genau genommen in den letzten Jahren. Auf den ersten Blick wirkt es bei ehrlicher Betrachtung eher wie eine Abstellkammer.

Für heute Abend habe ich mir deshalb vorgenommen, alles zu sichten, neu zu ordnen, abzuheften und gegebenenfalls ohne Erbarmen wegzuwerfen. Dazwischen möchte ich an meinem Whisky nippen und - sobald es dunkel wird - eine rauchen. Das geht nur am offenen

Fenster, denn Verena darf das auf keinen Fall mitbekommen. Ich hoffe, dass sich auch der Geruch an mir bis morgen verzogen hat. Ich gehe nicht davon aus, dass ich Verena heute noch sehen werde. Und morgen früh ist sie sicher voll mit den Eindrücken des heutigen Abends und wird nicht als erstes an mir herumriechen.

Leider geht mein Fenster, was eigentlich ganz schön ist, zum See hinaus. Ich habe direkten Blick auf den Steg, auf dem sich im Moment eine Zweier- und eine Dreiergruppe Erfolgsmänner intensiv ins Gespräch vertieft haben. Sollten sie mich am Fenster sehen, wäre die ganze Tarnung aufgeflogen. Später, wenn es dunkel ist und ich das Fenster öffnen kann, muss ich wegen der Mücken vom See ohnehin das Licht löschen. Den kleinen rotglühenden Punkt im dritten Stock wird keiner bemerken oder richtig einordnen können.

Also kommt die Arbeit vor dem Vergnügen. Ich hole den ersten Karton aus dem Eckregal und lasse ihn auf den Tisch plumpsen. Eine Staubwolke schießt nach allen Seiten. An der Außenseite des Kartons haben sich augenscheinlich mehrere Kellerasseln das Leben genommen.

Der Inhalt ist staubig und uninteressant. Gleich den ganzen Karton neben die Tür. Wird morgen entsorgt.

Der zweite Karton ist nicht minder staubig, aber interessanter. Alte Fotos: Verena in jung, Hochzeit im Prinzenpalais, Urlaube im Club, Bikinis, Yachten, Leute, an die ich ohne diese Bilder nie wieder gedacht hätte. Nicht einmal von der Hälfte würde mir der Name wieder einfallen. Klassentreffen, berufliche Erfolge. Viele

Bilder haben alle Farben bis auf eine verloren. Die verbliebene ist in der Regel sepia-braun. In welchen fantastischen Farben die karierte Hose seinerzeit aufwartete, wird für immer ihr Geheimnis bleiben. Die Bilder eines bestimmten Zeitraums zeichnen sich durch abgerundete Ecken und einen Datumsaufkleber auf der Rückseite aus: Porst-Königsbilder. War damals etwas Besonderes. Heute sind sie genauso sepia-braun wie die anderen.

Genau erkennen kann man die historischen Übergänge von 9 x 13 auf 10 x 15 und später auf 13 x 18 cm. Heute kaum noch vorstellbar, dass man warten musste, bis man den 21er oder 36er Film „vollgeschossen" hatte, ihn dann zum Entwickeln in einen Fotoladen bringen und noch ein paar Tage warten musste, bis man die Ergebnisse seiner Fotografierkunst bewundern konnte. Wenn die Urlaubsbilder nichts geworden waren, war der ganze Urlaub hin.

Wo genau das Schlüsselbund herkam, kann ich nicht mehr sagen. Es lief die astrologische Meldung über das „Schlüsselereignis" im Radio und mir fiel das Schlüsselbund in den Schoß. Da ich über die Zufälligkeit des Augenblicks lachen musste, habe ich nicht darauf geachtet, wo es genau herkam. Es muss irgendwo zwischen den Bildern gesteckt haben, obwohl ich mir das eigentlich nicht vorstellen kann.

Aus dem Schlüsselkasten kann es nicht gefallen sein. Jeder hat, glaube ich, so einen Aufbewahrungsort für alte Schlüssel. Bei mir ist es eine kleine Holzschachtel, in der früher einmal, wie die Aufschrift besagt, original

Wiener Sachertorte im Miniformat verschenkt wurde. Ein kleiner Metallclip sorgt dafür, dass man sie verschließen kann und einem keine Schlüssel in den Schoß fallen.

Ich habe die Schlüssel mitten auf den Tisch gelegt, so dass sie mir alle paar Minuten ins Auge fallen. Ich kenne Sie. Aber wo gehören sie hin?

Endlich ist es dunkel genug. Ich drehe mir eine Zigarette wie früher. Das verlernt man tatsächlich nicht. Schon vor einer ganzen Weile habe ich mein altes Benzinfeuerzeug aufgetankt und mit neuem Docht und neuem Feuerstein versehen. Wenn schon – denn schon.

Ich lösche das Licht, öffne leise das Fenster und stelle die Whisky-Karaffe neben mich auf die Fensterbank.

Mir schlägt etwas kühlere Luft entgegen, die eine Mischung aus Natur und Fest mit sich trägt. Der Garten ist mit Fackeln erleuchtet. Zwischendurch dringt ein weibliches Lachen bis zu mir hoch. Auf dem Steg sitzen ein Mann und eine Frau eng nebeneinander. Womöglich bahnt sich dort der Skandal für die nächste Zeit an. Die Combo spielt noch, wenn auch leiser. Leider kann ich sie nicht sehen, die Gaube im zweiten Stock verdeckt sie. Wie oft sie wohl schon verstohlen auf die Uhr gesehen haben. Schwer verdientes Geld.

Ich inhaliere tief. Dazu winzige Schlucke Scotch. Alte Erinnerungen werden wach und mir wird ein bisschen schwindelig.

Und plötzlich weiß ich es!

Kapitel 2   Verena

Ich lebte damals, vor mehr als dreißig Jahren, als ich Verena kennenlernte, in einer kleinen Wohnung in Oldenburg. Es gibt dort eine Universität, an der man seinerzeit noch Psychologie studieren konnte. Der so genannte „Numerus Clausus" hatte mich aus Nordrhein-Westfalen hier her geführt. „Je schlechter der Abi-Schnitt, um so weiter geht's zum Studieren in den Norden" hieß es damals - und das sollte witzig sein.

Tatsächlich ist es nicht ganz einfach, hier heimisch zu werden. Die Menschen sind ehrlich, aber schwer aufzuweichen. Die überschwengliche Freundlichkeit, die man uns Rheinländern nachsagt, trifft man hier überhaupt nicht an. Von uns behauptet man ja, abends dicke Freunde zu sein – morgens erkennt man sich nicht wieder und abends gibt's wieder neue beste Freunde.

Da ist der Oldenburger anders: Freund bleibt Freund durch dick und dünn – aber bis es soweit ist, kann es Jahre dauern.

Dazu kommt ein miserables Klima. Die Sommer sind eigentlich gar keine Sommer. Nur der Regen wird wärmer. Ständig weht ein Wind, der richtig unangenehm werden kann, zumal man alle Wege mit dem Fahrrad zurücklegen muss. Öffentlicher Personennahverkehr ist so gut wie unbekannt. Außer bei Eisglätte. Dann fahren alle mit dem Bus und schimpfen über die Vollheit, über die „Scheiß-Busse", die nie pünktlich kommen, auf die man ewig wartet, die gefühlt nur im Stunden-takt verkehren und die reinweg unbezahlbar sind.

Sonst bei Wind und Wetter: Fahrrad. Ohne Regen-jacke, Regenhose und Gummistiefel ist man aufge-schmissen. Was die Stadt allerdings außerordentlich liebenswert und sympathisch macht, ist der Umstand, dass das alle so machen. Und alle meint wirklich alle. Ich habe Hochschullehrer, Professoren und Dozenten gesehen, die in ebendiesem Aufzug abends ins Theater fuhren. Ohne dass man sich schämt oder es einem pein-lich ist, zieht man sich die nassen Sachen im Foyer des Theaters aus und gibt sie an der Garderobe ab, als wenn es Pelzmäntel wären. Für Ärzte, Pastoren und selbst den Oberbürgermeister gilt das gleiche.

Vor dem Standesamt habe ich Brautleute ihr Fahrrad abstellen sehen, Trauzeugen ebenso und selbst der Standesbeamte.

Das Gute an dem ständigen Wind ist, das es in Olden-burg immer frische Luft für klare Gedanken und nie-mals so etwas wie Smog gibt. Oft bringt der Wind An-deutungen von Salz und Meer mit.

Wenn es an der nicht sehr weit entfernten Küste stürmt, fliehen die Möwen oft ins Binnenland bis nach Oldenburg. Ihr Geschrei weckt Urlaubserinnerungen, wie es sonst eigentlich nur der Duft von Sonnenöl fertig bringt.

* * *

Meine Wohnung damals war nicht gerade billig: Vier Zimmer, Küche, Bad, Flur und sogar ein kleiner Garten für 280,- DM plus Nebenkosten. Bei 490,- DM BAFöG im Monat, war das sportlich und ging nur, indem ich regelmäßig mit Nachhilfe, Ferienjobs und allem, was irgendwie Geld ins Haus brachte, nachhalf.

Da die Wohnung insgesamt nur über 37 qm verfügte, kann man sich die Größe der einzelnen Zimmer in etwa ausmalen. Vom Garten sagte einmal ein Kommilitone: „Er ist zwar nicht breit und auch nicht tief – aber dafür unheimlich hoch".

Auf jeden Fall stimmte das Chi - wenn man das im Feng-Shui-Deutsch so sagen kann: Reinkommen und sich wohl fühlen war eins.

Sie lag in einer relativ wenig befahrenen Straße nahe der Innenstadt im Erdgeschoss eines Anbaus, der zu einem alten Oldenburger Bürgerhaus gehörte, das man hier „Hundehütte" nennt (wohl weil Oldenburg am Fluss Hunte liegt). Der Anbau lag ein wenig zurückversetzt und wurde durch einen Fahrradunterstand und diverse Mülltonnen von der Straße getrennt.

Das eigentliche Leben fand im Haupthaus statt. Die Vermieterin, Frau Alma Lebedow, war 84 Jahre alt und hatte jedes noch so kleine Zimmerchen in ihrem Haus an Studenten oder sonstwie gescheiterte Menschen vermietet. Sie wohnte im ersten Stock und war, wie sie mir einmal erläuterte, fallsüchtig. Deshalb habe ich sie außerordentlich selten im Anbau zu sehen bekommen – die anderen Mieter munkelten aber, dass Frau Alma

Lebedow durchaus einmal durch alle Zimmer schlich, wenn sie verlässlich wusste, dass die Mieter sie in absehbarer Zeit nicht überraschen konnten.

Ich sah sie immer, wenn ich einmal im Monat die Zähler im Haus für sie abgelesen und für jeden Mieter eine eigene Abrechnung erstellt hatte. Dann ging ich zu ihr, musste auf dem Kanapee Platz nehmen, bekam einen Eierlikör (sommers wie winters) und musste mir etwa zwanzig Minuten Geschichten aus dem Krieg, vor dem Krieg und aus ihrem bewegten Leben anhören, bis ich meine zwanzig Mark bekam und mich verabschieden durfte. Wir waren fast so etwas wie Freunde.

Die zwanzig Mark trug ich regelmäßig zum Griechen, wo ich mit einer Freundin stets Nr. 68 aß und den Rest des Geldes in Bier und Ouzo investierte.

Als ich damals in Oldenburg anlandete, versuchte ich, wie man das so macht, Freunde, oder zumindest Bekannte zu finden, was – wie gesagt – in Oldenburg nicht so einfach ist.

An der Uni gestaltete sich das komplizierter als ich es mir vorgestellt hatte. Viele Studentinnen und Studenten waren schon deutlich älter als der Durchschnitt, hatten Familie in oder um Oldenburg und fuhren regelmäßig nach Ende der Veranstaltungen nach Hause. Das „studentische Leben", wie man es sich so vorstellt, fand in Oldenburg nicht statt. Selbst Studentenkneipen oder ein „Campus-Viertel" sucht man hier bis heute vergebens.

Nächster Versuch: Sportverein. Teuer und überaltert. Dreimal habe ich Stuhlgymnastik, Rumpfbeugen und Knie hoch mitgemacht, um dann festzustellen, dass ich Jahrzehnte zu früh gekommen war.

Dann gemischter Chor: Rentner, Witwen und Restposten wie ich. Liedgut der späten Vierziger.

Volkshochschulkurs Fotografie: Ich weiss jetzt, was Blende, Verschlusszeit und Tiefenschärfe bedeuten, aber alle, die ich gefragt habe, ob sie noch Lust auf ein Bier hätten, mussten leider sofort nach Hause, „gerne ein andermal", „nee, mache ich eigentlich gar nicht" bis hin zu Blicken, die einem Sittenstrolch würdig gewesen wären.

Letzter Versuch: Politik. Mehrere Parteien und Bürgerinitiativen habe ich aufgesucht, war aber immer schon ein Fremdkörper, bevor ich den Raum betrat.

Hängengeblieben bin ich bei einer linken Gruppierung, die insgesamt aus vierzehn Mitgliedern bestand und zunächst den Kapitalismus abschaffen und anschließend die ganze Welt retten wollte. Absolute Betonköpfe, unerträglich. Aber hier habe ich Heinz und Werner kennengelernt. Zwei skurrile Typen, die jedenfalls zuhören konnten und sich für mich interessierten. Offen für alles – Hauptsache nicht langweilig. Mit denen konnte man Bier trinken gehen. „Hopfenkaltschale" wie sie es nannten. Es blieb aber nie bei einem Bier – oft auch nicht bei fünfen.

Ihre Stammkneipe hieß „Hinkebein" und lag etwas außerhalb der Innenstadt Richtung Uni. Pido, der Inhaber, war – wie es damals noch hieß – Jugoslawe. Ob er eigentlich Serbe, Kroate, Montenegriner oder sonst etwas war, wurde nicht hinterfragt und wusste auch niemand.

Im „ersten Leben" war Pido Fußballprofi. Als das aus gesundheitlichen Gründen nicht mehr ging, hat er auf Wirt umgeschult.

Er strahlte eine ungemeine Ruhe aus und war absolut tolerant. Wenn es bei uns einmal später wurde, weil die Welt sich wieder einmal gegen das Gerettet-werden wehrte, stellte Pido ringsum die Stühle auf die Tische und überreichte uns den Kneipenschlüssel. „Geht bitte hinten raus – ihr wisst, wegen der Polizeistunde – schließt bitte ab und werft den Schlüssel in den Briefkasten. Bier und so könnt ihr euch so viel nehmen, wie ihr wollt. Aber macht bitte Striche auf 'nem Bierdeckel oder legt mir Geld hin. Viel Spaß noch - und gute Nacht Jungs". Sprach's und verschwand. Niemals hätten wir ihn auch nur um einen Pfennig betrogen. In Zweifelsfällen – und die gab's zu Hauf – wurde ein Strich mehr gemacht. Vertrauen war ein hohes Gut, das man auf keinen Fall verlieren wollte.

Unsere Gespräche drehten sich um die großen Themen der Welt: Ein System, mit dem man jede Spielbank knacken kann. Die allgemeine und die spezielle Relativitätstheorie Einsteins. Wie kann man mit einer glühenden Nadel ein Zehnpfennigstück im Telefon einer Telefonzelle festhalten und dadurch daran hindern, in den Münzbehälter zu fallen, um so stundenlang Ferngespräche für zehn Pfennig führen zu können. Und ähnlich spannende Dinge.

Die zu späterer Stunde geführten Debatten waren einerseits hitziger als die davor. Andererseits konnte es gut sein, dass sie sich beim nächsten Treffen fast wortgleich wiederholten, weil sich niemand mehr an sie erinnerte.

Werner war kräftig gebaut und hatte längeres welliges Haar in „Grundfarbe" – irgendwie von allem etwas. Zur obligatorischen Jeans trug er im Winter meistens Turnschule oder – bei entsprechend miesem Wetter - sogenannte Entenschuhe. Im Sommer ausschließlich Birkenstock-Sandalen. Irgendwann im Frühling, es muss wohl jeweils der erste oder der fünfzehnte April gewesen sein, erfolgte erbarmungslos der Schuhwechsel. Ich habe Werner auch mit Birkenstock-Sandalen im Schnee gesehen. Als wenn die Entenschuhe nur für ein halbes Jahr gepachtet waren.

Ständiger Begleiter durch alle Jahreszeiten war sein Parka – original von der Bundeswehr, Deutschlandfahnen auf den Ärmeln eigenhändig mit der Rasierklinge abgetrennt. Darunter immer einer von drei Pullovern, die ihm angeblich eine Freundin gestrickt hatte. Angeblich, weil sonst nichts über diese Frau verlautete und sie auch nie jemand von uns gesehen hat. Sie muss, ohne ein Wort zu sagen oder sonst aufzufallen, nur dagesessen und drei Pullover für Werner gestrickt haben. Danach ist sie dann spur- und kommentarlos verschwunden.

Der Wärmeausgleich zwischen Sommer und Winter muss bei Werner unterhalb des Pullovers per Flanellhemd, T-Shirt, beides oder keines von beiden stattgefunden haben. Ich jedenfalls habe Werner bei minus 10 und bei plus 30 Grad nie ohne einen der drei Pullover gesehen.

Sein Blick ist klar und offen – solange er nüchtern ist. Das war bei uns allen dreien nicht immer der Fall. Sein Gesicht ist eine einzige Kraterlandschaft. Vermutlich falscher Umgang mit Akne während der Pubertät.

Heinz ist der gegenteilige Typus: Schmal, fast mager, eher klein. Strähniges, glattes Haar, das immerzu nach Shampoo zu rufen scheint. Dabei ist dieser Eindruck vermutlich völlig falsch. Heinz ist außerordentlich sauber und pedantisch ordentlich – fast etwas überpenibel, wie man hier in Norddeutschland sagt.

Er läuft sommers wie winters im T-Shirt durch die Gegend, darüber so etwas, das man früher Anorak nannte.

Heinz verträgt mehr Bier als alle, die ich sonst so kennengelernt habe. Ich habe ihn nach vierzehn echten Halben kerzengerade stehen und über Hölderlin referieren sehen. Werner meinte: „Mit sieben Litern darf er die Dienstbezeichnung „Dromedar" führen".

Allerdings behauptet Heinz auch, er wäre schon mehrfach verdammt nah am Delirium Tremens gewesen. Zwar habe er keine weißen Mäuse gesehen, aber Micky Mäuse. Das habe wahrscheinlich daran gelegen, dass er zu der Zeit massig Comics gelesen habe.

* * *

Wie ich so in meinem Arbeitszimmer sitze, dreißig Jahre nach Werner, Heinz und „Hinkebein", leicht angeschickert und ein bisschen schwindelig, fällt es mir wieder ein: Immer wenn ich leicht angeschlagen vom „Hinkebein" nach Hause kam, habe ich mit dem verdammten Steckschloss gekämpft. Vor meiner Haustür war es stockdunkel, Taschenlampe besaß ich keine und das Schlüsselloch für den Steckschlüssel war winzig klein.

Wie habe ich laut geflucht. Während ich mich mit einer Hand am Türrahmen festhalten musste, versuchte ich mit der anderen, den Spezialschlüssel in die winzige Öffnung zu bekommen. Einmal öffnete sogar der stocksteife Dr. Baumstark von nebenan sein Fenster und dozierte mit hoher Fistelstimme: „Lassen Sie es gut sein, junger Mann, es ist drei Uhr morgens".

Die Antwort, dass ich selbst eine Uhr hätte, hat ihm nicht gefallen und wir haben uns fortan nicht mehr gegrüßt.

Das Steckschloss war es, das meine Erinnerung zurück brachte.

* * *

Immer nur bei Pido zu sitzen und zu diskutieren wurde Werner, Heinz und mir hin und wieder langweilig. Mal wieder etwas unternehmen, rauskommen war dann die Devise.

Da fiel uns ein Flyer der Uni in die Hände: „In unserer Reihe ‚Erfolgreiche Absolventinnen und Absolventen unserer Hochschule stellen sich vor', berichten diesmal fünf ehemalige Studentinnen und Studenten der Wirtschaftsfakultät unter dem Titel „Leistung muss sich wieder lohnen" über ihre Karriere und ihren Weg ins Management. Beginn 20.00 Uhr; der Eintritt ist frei."

„Da müssen wir hin", waren wir drei uns einig. Werner, um die Welt zu retten, Heinz, um den Gegner zu studieren und ich, um einmal Abwechslung zu bekommen.

Gesagt, getan. Am folgenden Mittwoch saßen wir den fünf gelackten Schnöselinnen und Schnöseln im Audimax gegenüber, die sich für die neuen Lenker der Welt hielten. Sie auf der Bühne, wir mit geschätzt fünfzig Anderen im Zuschauersaal.

Der Vortrag war schaurig einseitig; die anschließende Debatte furchtbar. Werner steigerte sich auf eine nie gekannte Dezibel-Zahl. Unzählige Male musste ich ihn wieder auf seinen Stuhl zurückziehen. Heinz versuchte mit statistischen Fakten zu überzeugen, drang aber nicht durch und ich hatte nur Augen für die brünette junge Frau mit den tiefgründigen Augen. Von mir aus gesehen die zweite von links auf der Bühne.

Es hat etwa zwanzig Minuten gedauert, bis sich unsere Blicke das erste Mal trafen. Dann wieder nach zwei (gefühlt hundert) Minuten. Und dann regelmäßig. Mein Puls beschleunigte sich deutlich, das lautstarke Gezänk rechts, links und vor mir wurde zu einem reinen Hintergrundrauschen.

Als die elendige Show endlich vorbei war, traf ich sie vor den Toiletten. Sie kam aus der Damentoilette und ich war auf dem Weg in die für Herren.

Wir sahen uns an und es passierte das, was ich einmal zum Thema „Liebe auf den ersten Blick" gelesen oder in einer Fernsehdokumentation gesehen hatte. Dort hieß es: „Auslöser sind Blickkontakte, die oft nur Bruchteile von Sekunden länger dauern, als es normalerweise der Fall ist". Ich fühlte mich wie Obelix, als er sich in Falbala verliebte: In meiner Sprechblase tauchte ein rotes Herz auf, das langsam immer größer wurde.

Sie redete frisch darauf los; was sie sagte, weiß ich nicht mehr, weil ich nur noch zum Teil online war. Es muss so etwas wie: „Da sind wir wohl nicht ganz auf der gleichen Linie" oder „schön, wenn man sich noch so streiten kann" gewesen sein – vielleicht aber auch nicht.

Ich stammelte deutlich weniger frisch so bedeutende Aussagen wie: „Ähhh...., ich glaube eigentlich.... hmm – weiß nicht genau... ähh... oder doch? Wenn Du.... und ich kenn die beiden gar nicht so... also schon... aber...".

Ich weiß nicht mehr, wie lange dieses Elend dauerte. Als ich mich wieder fand, stand ich immer noch mit hängenden Armen zwischen den Toilettentüren, die Augen auf unscharf gestellt. Heinz und Werner hatten mich in ihre Mitte genommen, aber von den weltbewegenden Ereignissen augenscheinlich wieder einmal nichts mitbekommen.

„Ganz schön anstrengend, der Klassenkampf" meinte Heinz und Werner fügte hinzu: „so schlecht waren wir doch gar nicht - aber du siehst aus, als hättest Du gerade die vernichtende Endphase des Kapitalismus durchlebt."

„Nö, nö" murmelte ich, „vielleicht eher so etwas wie das Gegenteil."

„Muss ich nicht verstehen" grummelte Werner, „ich brauch Hopfenkaltschale - D12, hoch dosiert".

Wir verließen das Etablissement und liefen die wenigen hundert Meter zu Pidos „Hinkebein". Unterwegs fiel mir mit Schrecken ein, dass ich vergessen hatte, sie nach ihrem Namen oder zumindest ihrer Telefonnummer zu fragen. Mist – wie gewonnen, so zerronnen.

Zum ersten Mal schmeckte das Bier nicht, die Themen waren langweilig und die beiden Typen waren mir irgendwie fremd. Die Zeit wollte und wollte nicht vergehen.

Ich benutzte irgendeine Ausrede und ging früh nach Hause. Einschlafen funktionierte überhaupt nicht und ich drehte mir noch eine Zigarette und setzte mich ans offene Schlafzimmerfenster.

„Ich bin ein Verlierer und kann nicht mal die primitivsten Dinge der Welt - zu dumm für alles. Kann nichts draus werden, aus so einem!"

Um halb eins klingelte das Telefon. Auch das noch! „Ja?" meldete ich mich lustlos.

„Hallo, hier ist Verena; Du weißt, von heute Abend".

„Na, klar... ähh..., das ist aber schön".

Nur nicht wieder grobe Fehler machen, konzentrieren, nichts Falsches sagen, nicht noch dümmer wirken als sowieso schon!

„Woher hast Du meine Telefonnummer?"

„Hast Du mir doch selbst vor knapp drei Stunden gegeben – und ich musste versprechen, dich um Punkt halb eins anzurufen. Und: Voila!"

Ha! Ich Held! Ich Casanova! Das schafft außer mir keiner!

Das Gespräch dauerte knapp zwei Stunden. Weil es ein „Ortsgespräch" war – das gab es damals noch – kostete es, obwohl es Gold wert war, nur zwanzig Pfennig.

* * *

Unser erstes Treffen fand im Schlosscafe statt. Wir tranken Martini – ich zum allerersten Mal – und wir erzählten uns unsere jeweilige Geschichte.

So jemanden wie mich hatte sie noch nie kennengelernt. Die ganze Welt, aus der ich kam, war ihr zutiefst fremd. Aber sie empfand auch eine gewisse Faszination.

Groß geworden bin ich im ersten Stock eines Reihenendhauses im Vorort einer Kleinstadt in Nordrhein Westfalen und bin das einzige Kind meiner Eltern. Mein Vater war Tiefbauarbeiter, der jeden Tag schwer schuften musste, um das nötige Geld an die Burg zu bringen. Er ging früh aus dem Haus und kam in der Regel erst zurück, wenn es bereits dunkel wurde. Jede bezahlte Überstunde war ihm recht.

Das Geld gab es noch bar in einer Lohntüte. Die Männer hatten einen Trick herausgefunden: Die Tüte wurde vorsichtig am unteren, unverdächtigen Ende geöffnet und ein paar Mark herausgeschüttelt. Die wurden dann gemeinsam mit den Kollegen in einer der vielen Eckkneipen in Bier und Korn investiert.

Der Lohntüten-Trick war ein kleines Geheimnis, das aber jeder kannte. Insbesondere auch die Ehefrauen, die zum einen riechen konnten und zum anderen generell nachzählten, ob das Geld in der Tüte auch dem Betrag auf der beigefügten Abrechnung entsprach.

Ich glaube, jede von ihnen hätte auf den Pfennig genau sagen können, wieviel der Gatte abgezweigt und „verflüssigt" hatte.

Vermutlich wussten das wiederum auch die Männer. Aber dieser „Deal" – wie man heute sagen würde – machte allen Beteiligten Spaß und hielt eine Ehe auch in schweren Zeiten zusammen.

Mein Vater hätte es schön gefunden, wenn ich frühzeitig eine Lehre absolviert und dann schnellstmöglich entweder Geld nach Hause gebracht hätte oder ausgezogen wäre, um ihnen nicht länger auf der Tasche zu liegen.

Meine Mutter sah das genau anders. Sie war als Kind eine sehr gute Schülerin und ihr Lehrer hatte sich dafür eingesetzt, dass sie eine weiterführende Schule besuchen sollte. Dieses Vorhaben scheiterte aber an ihrem Vater – meinem Großvater. Sein einziger Kommentar soll „alles Quatsch, ist doch nur ein Mädchen" gewesen sein.

So wurde sie „nur" Hausfrau und Mutter. Wissen und Bildung stellten aber für sie lebenslang die bedeutendsten Güter dar. Sie hätte alles dafür gegeben – auch den letzten Pfennig für Nachhilfe, wenn es nötig gewesen wäre – dass ich eine vernünftige schulische Ausbildung und, wenn irgend möglich, ein Studium absolvierte.

Immer versuchte sie, von dem Geld aus der Tüte etwas für schlechtere Zeiten und für mein Studium zurückzulegen. In fast jedem Jahr machten ihr Vaters Arbeitslosigkeit im Winter und das damit verbundene „Stempelgeld" – wie das Arbeitslosengeld damals noch hieß – oder das karge Schlechtwettergeld einen Strich durch die Rechnung und dezimierten das gerade angesparte Guthaben wieder auf ein Minimum.

Dennoch geschah es, dass ich in der langen Reihe meiner Ahnen, mütterlicher- wie väterlicherseits, der erste Student und der erste Akademiker wurde.

Drei Tage bevor sie an Krebs starb, durfte meine Mutter noch erleben, dass ich mein Vordiplom in Psychologie mit hervorragenden Noten bestand.

Mein Vater war auch stolz, konnte aber mit dem Begriff „Psychologe" nie richtig viel anfangen. „Elektriker" hätte ihm mehr zugesagt, zumal man den in verschiedensten Lebenslagen gebrauchen kann. So wie auch Frisör oder Maler.

Und in der Tat hat er bis zu seinem Tod ein paar Jahre nach meiner Mutter Elektriker, Frisöre und Maler häufig benötigt. Psychologen nie.

Für Verena war jemand, der mit Ofenheizung groß geworden ist und erst mit sechzehn mit Messer und Gabel essen lernte, wie jemand aus einer anderen Welt.

Das Schicksal muss Humor haben, um zwei so unterschiedliche Menschen zusammenzubringen. Ich stelle mir vor, es lehnt sich dann zurück und hofft, es gibt etwas zu lachen – oder etwas Spannendes.

Und da hat es nicht umsonst gehofft, das Schicksal...

Kapitel 3 Skiunfall und Hochzeit

Unser erster gemeinsamer Urlaub führte Verena und mich Mitte der Achtziger Jahre ans Mittelmeer in einen „Club Méditerranée" in Italien. Der zweite nach Dubrovnik in Jugoslawien. Verena verdiente inzwischen selbst soviel Geld, dass Vater Eberhard seine Börse geschlossen lassen konnte.

Weite Strände, geräumige Suiten, täglich mehrgängige Menüs, Krustentiere, Beilagen, deren Namen ich noch nie gehört hatte, alles vom Feinsten. Getränke, von denen ich gar nicht wusste, dass es sie gibt, aber immer mit buntem Schirm, Zitronen- oder Orangenscheibchen, viel gestoßenem Eis und Hauptsache exotischen Namen.

Es waren wunderschöne Zeiten, an die ich mich gerne zurückentsinne – die aber so nie wieder kamen.

Ich selbst hatte eine halbe Promotionsstelle an der Uni und damit das erste eigene Einkommen, von dem ich noch nicht einmal BAFöG-Schulden zurückbezahlen musste.

Verena hatte wenig Zeit, weil sie mit Hausbauen beschäftigt war. Die ganzen, nicht enden wollenden Genehmigungsverfahren und Prozesse kosteten nicht nur viel Geld, sondern auch Nerven. Zudem war ihr Job kompliziert und anstrengend. Frisch von der Uni, neu im Unternehmen und dann noch Frau: Mehrfrontenkrieg.

Sie träumte davon, sich mit mir zusammen selbständig zu machen: Eloquente Betriebs- und Volkswirtin und promovierter Diplom-Psychologe. Beide jung, dynamisch und modern. Beratung und Betreuung von Großunternehmen und Konzernen. Unschlagbar!

Als ihr Haus fast fertig war, machte sie mir den Heiratsantrag. Ich wäre nicht auf die Idee gekommen, ihn abzulehnen. Dass sie im Kreise der schicken, markentragenden jungen Karrieristen gerade mich auserwählte, ehrte mich ungemein. Sie hätte die freie Auswahl gehabt.

Seit ich nicht mehr so ganz verwegen rüberkam – für Doktoranden am psychologischen Institut verbot sich ein zu nachlässiges Äußeres – waren mir ihre Eltern etwas gewogener als zu Beginn unserer Bekanntschaft. Ein Schwiegersohn, der Doktor ist – oder jedenfalls auf dem Wege dorthin - lässt sich vorzeigen. Psychologe auf dem Weg zum großen Geld sowieso. Meine Schwiegermutter in spe hoffte wohl auch schon auf eine zweite große Brieftasche, um ihre Charity-Sammelboxen zu füllen.

Auch wollte sie es sich auf keinen Fall nehmen lassen, die Hochzeit zu bezahlen. Da, wo sie herkommt, ist das so der Brauch. Basta!

Werner und Heinz habe ich in der Zeit wenig gesehen. Die Arbeit an der Uni war sehr anstrengend, abends war ich meistens zu kaputt, um noch Kontakt aufzunehmen, aber die beiden fehlten mir.

Nur einmal rief mich überraschend Heinz an und lud mich zu seinem Geburtstag ein. Gefeiert wurde zu-

nächst – wo sonst? – natürlich im „Hinkebein". Hopfenkaltschale satt und, neu im Programm, Frikadellen
mit Senf!

Gegen eins wurde der verbliebene Rest der Gesellschaft unruhig. Es war ein warmer Sommerabend und
alle hatten Lust auf eine Abkühlung im Schwanensee
vor den Toren Oldenburgs.

Werner besaß eine Ente. So nannte man damals den
Citroen 2CV. Eine Art Auto, von dem Kenner behaup-
teten, am Motorblock sei das Blech etwas dicker als an
den anderen Stellen. Andere, technisch womöglich weniger Versierte, waren sich sicher, dass ein Auto mit einem zwei-Zylinder-Viertakt-Motor gar nicht laufen
könne. Hitzigste Debatten endeten stets mit dem Kompromiss: Vielleicht doch – mit einem Schwungrad.

Jedenfalls bestiegen wir das Gefährt zu siebt: Drei
junge Frauen, vier Männer; drei vorne, vier hinten und
tuckerten los. Die vorderen drei übten Arbeitsteilung:
Einer lenkt, einer schaltet auf Zuruf und einer hat beide
Hände an der Handbremse – für alle Fälle.

Die ganzen tollen, wilden Jahre standen noch einmal
vor uns auf, als wir am See angekommen, unsere Klei-
der von uns warfen und uns in den See stürzten. Lange
haben wir noch unter dem sternklaren Himmel zusam-
mengesessen, geraucht, das mitgebrachte Bier geteilt,
von den guten alten Zeiten geschwärmt oder auch nur
geschwiegen und dem leisen Gluckern der Wellen zu-
gehört.

In meiner Erinnerung war es einer der schönsten, aber auch melancholischsten Abende. Für mich habe ich ihn heimlich unter „Junggesellenabschied" verbucht.

* * *

Schwiegermutter Margret legte den Termin für die Hochzeit fest: Ende Mai – der Monat der Liebenden – da dann relative Wettersicherheit besteht. Schon bei der Wahl des „Austragungsortes" wurden alle Beteiligten befragt, noch mehr bei den tausend Kleinigkeiten, von denen sie befand, dass sie unbedingt berücksichtigt werden müssten. Kein Tag, an dem nicht das Telefon klingelte und Mutter Margret irgendwelche Fragen hatte: „Mögt ihr es lieber so – oder doch lieber anders?", „So wie früher oder ganz modern?" Letztendlich war es egal, was wir sagten, sie entschied so, wie sie es für richtig hielt – schließlich zahlte sie ja auch.

Das Ergebnis war ein Fest, wie es die Welt noch nicht gesehen haben sollte. Als „Location" hatte sie ein Prinzenpalais irgendwo im Bergischen Land auserwählt. Es lag auf einem Hügel nahe des dazugehörigen Schlosses und verfügte bei gutem Wetter über einen fantastischen Rundblick über die liebliche Landschaft.

Morgens Kirche. „Bist Du eigentlich katholisch, mein Junge?"

„Nein, Margret, ich bin evangelisch, aber es ist mir eigentlich nicht so wichtig. Frag lieber Verena, wie sie es gerne hätte."

„Ökumenisch?"

„Ja, vielleicht eine gute Idee."

Gästelisten kursierten zwischen Oldenburg und dem Bergischen Land hin und her. Damals noch per Post, denn Email war ja leider noch nicht erfunden. Sitzordnungen machten die Runde: Deine Familie – unsere Familie.

„Onkel Artur darf auf keinen Fall auch nur in der Nähe von Elisabeth sitzen. Die hatten mal was miteinander."

„Benjamin setzen wir in die Nähe der Tür – der ist immer so schnell betrunken und kann dann jedes Fest vermiesen."

Die kleinsten Ausstattungsdetails mussten besprochen werden: Papiertaschentücher in einer Rosenhülle für die Kirchenbank, falls jemand weinen muss.

Die Auswahl der Musik: „Es muss ja schließlich auch etwas für die Älteren dabei sein."

Das Essen, die Getränke, die Gestaltung der Einladung, wo, wie und mit wem sollen die Romantikfotos als Erinnerung für die Nachkommen gemacht werden, wer hält wann welche Rede und zeigen wir Kinderfotos vom Brautpaar?

Lang war die Diskussion, ob Eberhard seine einzige Tochter in der Kirche zum Altar bringen und mir feierlich übergeben durfte. Verena war massiv dagegen, sie sei ja kein Zuchtvieh und dürfe das schließlich selbst entscheiden, da sie ja eine der Hauptpersonen sei.

Eberhard sah sich, mit Blick auf seine Brieftasche, aber auch als Hauptperson. Es wurde ein Kompromiss beschlossen: Nach vorne bringen ja, übergeben nicht. Eberhard schmollte, denn alle seine Freunde und Kollegen durften das komplette Programm.

Die Auswahl des Brautkleides überspringe ich an dieser Stelle. Es ließe sich damit ein eigenes Buch füllen.

Monate hat es gebraucht, bis alles halbwegs stand und jedes Detail beschlossen war: Morgens Standesamt und Kirche unten im Tal. Dann freie Verfügungszeit für alle 160 Gäste, die ebenfalls im Tal in einem Sporthotel untergebracht werden. Fototermin für Brautpaar, Eltern und Trauzeugen.

Für alle, die sich nicht ausruhen wollen, wird eine Fahrt zum nahe gelegenen Kanarienvogelmuseum organisiert. Abends dann Transfer zum Prinzenpalais. Rauschende Ballnacht. Hochzeitsnacht. Perfekt!

Aber es sollte alles ganz anders kommen.

* * *

Werner, Heinz und ich waren alle drei keine großen Sportskanonen. Schon gar nicht, was Skilaufen anging. Ich musste in der neunten Klasse des Gymnasiums eine Woche lang irgendwo im Mittelgebirge Ski laufen. Die ganze Klasse quälte sich von morgens bis abends die Hügel hoch – den Skilift zu benutzen war von Seiten des Klassenlehrers verboten – um dann in zähen Stemmbögen und im Schneepflug langsam wieder der

Talsohle entgegen zu rutschen. Also 45 Minuten Fisch-
grät- und Treppenschritt bergauf und dann fünf Minuten mit zittrigen Knien wieder bergab. Sechs lange Tage
ohne eine einzige Schussfahrt (bis auf die eine, die gottlob keiner gesehen hat und bei der ich einem anderen
Skiläufer vorne über die Skier bretterte, weil wir Len-
ken bei hoher Geschwindigkeit ja nicht gelernt hatten).

Heinz hatte bei der Bundeswehr gedient (natürlich
nur so lange, wie es das Gesetz von ihm verlangte) und
war von seinem Feldartillerieregiment zu einer Woche
Winterkampfausbildung im Harz verdonnert worden.
Das Ganze gipfelte in einem Zwanzigkilometer-Marsch
am Sonntag. Die ungewohnten und ungeliebten Bretter
an den Füßen, zwanzig Kilo Gepäck und Sturmgewehr
G3 auf den Schultern, Stahlhelm (liebevoll der „Knitter-
freie" genannt) auf dem Kopf.

Während überall die Glocken zum Gottesdienst riefen
und die Menschen den freien Tag genossen, keuchten
Heinz und seine Kameraden eine ungespurte Loipe
durch Wald und Feld entlang, um sich abends liebevoll
um die Blasen an beiden Füßen kümmern zu können.

Werner hatte so etwas nicht miterlebt. Seine neunte
Klasse im Gymnasium fuhr nach Berlin. Mauer, Ge-
dächtniskirche, Luftbrückendenkmal und gefühlt alle
Museen, die die Stadt zu bieten hat. Keine Fischgrät-
und Treppenschritte – aber nicht weniger anstrengend.

Bundeswehr fiel für ihn aus. Er hatte den Dienst an
der Waffe aus Gewissensgründen verweigert und
musste sich einer Gewissensprüfung vor einem Prüf-
gremium stellen. Das erste Mal ist er durchgefallen,

beim zweiten Mal – mit Unterstützung eines Rechtsanwaltes - hat es dann aber geklappt. Die achtzehn Monate Zivildienst hat er beim Roten Kreuz abgeleistet. Wie er sagt: „Durch intensives Sitzen".

Skifahren kam in seiner Vita also an keiner Stelle vor. Dennoch übte es immer einen gewissen Reiz auf ihn aus.

Nun geschah es, dass Werner Anfang März, zwei Monate vor unserer Hochzeit, einen Anruf erhielt. Eine Dreiergruppe Sportstudenten hatte über ein Förderprogramm einen zehntägigen Skiaufenthalt in der Schweiz bewilligt bekommen. Nun waren aber durch die ernsthafte Erkrankung eines Professors alle Prüfungs-, Abgabe- und Referatstermine durcheinander gekommen und es gab keine Möglichkeit mehr, den Schweizaufenthalt wahrzunehmen. Man hätte das schöne Fördergeld zurückgeben müssen.

Da erinnerte sich einer der Studenten an Werner, den er aus der Polit-Gruppe kannte, die zum einen den Kapitalismus abschaffen und zum anderen den Rest der Welt retten wollte.

Er bot Werner an, falls er zwei gute Bekannte habe, die Zeit in der Schweiz statt ihrer zu genießen. Er schätzte Werner als hinreichend verschwiegen ein, denn es durfte auf keinen Fall herauskommen, dass nicht die drei Sportstudenten, sondern drei andere das Fördergeld für sich nutzten.

Da konnte Werner nicht nein sagen, sagte vielmehr sofort fest zu und rief am gleichen Abend Heinz und mich an. „Schweizer Hopfenkaltschale, gemütliches Chalet, Blick auf Jungfrau, Eiger, Mönch oder Matterhorn, zehn Tage für uns. Jungs, da wisst ihr nicht, wie ihr mir danken sollt."

Heinz sagte sofort zu. Ich war da deutlich verhaltener. Mitten in der Hochzeitsplanung, fast schon in der heißen Phase. Was werden Margret und Verena dazu sagen. Andererseits hatte Werner natürlich recht. Wir hatten uns so lange nicht gesehen und es war eine einmalige Chance, für kleines Geld eine große Zeit in den Bergen zu verbringen.

Ich sagte zu, bevor ich mit meiner zukünftigen Familie darüber gesprochen hatte.

Als ich es Verena beichtete, hatte ich schon einen kleinen Ermutigungs-Ouzo getrunken. Sie sagte zunächst – gefühlt minutenlang – nichts. Dann eine ganze Weile immer noch nichts. Ihr Blick überlegte noch, ob er besser strafend oder tränenerfüllt zu dem Ziel käme, mich im Erdboden versinken zu lassen. Die ganze Verena grübelte darüber nach, ob die komplette Aktion reine Dummheit, Ignoranz, beides oder doch ein gezieltes Vorhaben sei, um ihr weh zu tun.

Hinzu kam, dass sie weder von Werner noch Heinz besonders viel hielt. Zum einen hat sie den heftigen Disput am Tag als wir uns kennenlernten, nie ganz vergessen. Zum anderen rutschte ihr einmal in Bezug auf die beiden der Begriff „Heckenpenner" heraus. Sie nahm die Äußerung mir gegenüber sofort wieder zurück – ihre Meinung von den beiden wird sich aber dennoch in semantischer Nähe dazu befunden haben.

Insgesamt haben Werner, Heinz und Verena sich – abgesehen vom denkwürdigen ersten Treffen – nur noch zweimal gesehen.

Letztlich kam ich bei ihr mit drei Tagen Schmollen davon und dem schlechten Gewissen, dass sie und ihre Mutter nun ganz alleine vor der Mammutaufgabe „Organisation einer Hochzeit" standen. Schon der Abschied am Oldenburger Bahnhof, einen Tag nach Schmoll-Ende, war wieder ausgesprochen herzlich und liebevoll.

Der größere und heftigere Bußgang war der zu Schwiegermutter Margret – glücklicherweise nur telefonisch, so dass ich tränengefüllte Augen und den vor Verwunderung und Enttäuschung offenstehenden und dabei zitternden Mund nur ahnen konnte. Auf jeden Fall hat mein gerade erst aufpoliertes Schwiegersohn-Image massiven Schaden genommen und auch nie zur alten Form zurück gefunden.

Meine Einlassungen wie: „Das meiste ist doch eigentlich schon geregelt" oder „das könnt ihr beiden ohnehin viel besser als ich" waren gut gemeint und geplant, blieben aber völlig wirkungslos.

Ich war heilfroh, als ich diese Baustellen gemeistert hatte.

Ein weiteres – und wie sich zeigen sollte ebenfalls schwerwiegendes - Problem war das fehlende, den Skiurlaub vorbereitende Fitness- und Konditionstraining. Viele Oldenburger – und vermutlich nicht nur sie - die planen, in Skiurlaub zu fahren, beginnen bereits im Spätsommer mit einem Fitnesstraining.

Für Studenten bot die Sport-Fachschaft zwei bis dreimal die Woche ein Training in der Unisporthalle an. Menschenmengen liefen jeweils fast eine Stunde im Uhrzeigersinn im Kreis – Oppositionelle durchaus auch gegen den Strom. Unterbrochen von Dehn- und Streckübungen. Das Ganze hieß im Volksmund „Tempodrom" und sollte Knochenbrüche, Bänderrisse und Sehnenverletzungen beim Skilaufen verhindern.

Werner, Heinz und ich, die wir im Spätsommer ja noch nicht ahnen konnten, dass uns ein Skiurlaub in den Schoß fallen würde, hatten in der Richtung natürlich nichts unternommen. Faulheit war wohl der Hauptgrund. Wir redeten uns aber ein, dass wir niemandem den Platz wegnehmen und die Halle nicht noch mehr überfüllen wollten.

Zum Nachholen war die Zeit zu knapp. Es sollte ja schon in vier Tagen losgehen. Also bauten wir auf unsere jungen, geschmeidigen Körper und sagten uns, dass es schon gut gehen werde.

Tat es auch. Aber nicht lange.

Die Reise verlief unspektakulär und der Skiort war große Klasse. Direkt an einem Südhang gelegen, konnte man die ganzen Tage über die Sonne genießen. Dem Schnee tat das in dieser späten Phase der Saison sicherlich nicht so gut. Uns norddeutschen Laien konnte das aber egal sein.

Mit meinem Lieblingslift konnte man bis oben an einen Felsgrat fahren und von dort, wenn man sich nur einige Meter nach vorne bewegte, auf der anderen Seite auf einen riesigen Gletscher schauen. Die Stille des Schnees, das Blinken des Gletschers und die kalte Luft, mit der sie bescheiden durchdringenden Strahlungswärme der Sonne, hatten beinahe etwas Heiliges.

Meine Skikünste und Lernerfolge waren, das muss ich freimütig eingestehen, von uns dreien die bescheidensten. Während Werner und Heinz sich schon nach einigen Tagen verhältnismäßig sicher auf den Brettern bewegten, muss ich nach außen ein einziges Bild des Elends dargeboten haben. Näher beschreiben möchte ich das hier nicht. Was will man von einem Psychologen auch erwarten?

Die Geschäfte, Lokale und Cafés befanden sich mitten im Skigebiet, so dass man alle Einkäufe per Ski erledigen konnte, beziehungsweise sogar musste. Schnell wurde klar, dass ich mich lediglich zum Besorgen von Reis, Zucker, Mehl, Gehacktem und anderen nicht zerbrechlichen Gütern eignete, da ständige Stürze eingeplant werden mussten. Flaschen, Sahne, Milch und vor allem Bier blieben tabu.

Am siebten Tag passierte es. Ich hatte kaum Tempo drauf und die Stelle auf der Piste an der es geschah, war weder steil noch irgendwie kompliziert. Ich geriet mit dem rechten Ski in eine kleine Schneewehe, wollte mich durch eine geschickt gemeinte Drehung daraus befreien, als es im Skistiefel krachte und ein höllischer Schmerz in mir aufstieg.

Es folgten Pistenraupen, die mich aufsammelten und wegtransportierten, ausländisch sprechende Ärzte, Talfahrt, dick eingepackt auf einer Trage, Krankenhaus, diverse Untersuchungen und dann Gewissheit: Dreifacher Knöchelbruch – mindestens sechs Wochen Ausfall. Gips – oder mindestens Orthese – noch bis nach meiner Hochzeit.

Verena und ihre Eltern informierte Heinz. Er hat für so etwas die besseren Nerven und mir blieben zwei weitere Bußgänge erspart.

Nach vierzehn Tagen konnte ich nach Oldenburg überführt werden, Laufen ging erst eine Woche vor der Hochzeit mit zwei Gehhilfen – früher hätte man Krükken gesagt.

Diese durfte ich aus der Schweiz mitnehmen. Sie waren insofern besonders, als dass sie oben keine hufeisenförmigen Halter zum Stützen der Arme hatten, wie es bei uns üblich ist, sondern über nahezu geschlossene, ringförmige Halterungen verfügten, die zudem beweglich angebracht waren. Dies ermöglichte zum Beispiel, Türen mit ausgestrecktem Arm zu öffnen und zu schließen, ohne dass die Gehhilfe sofort zu Boden fiel. Vielmehr blieb sie stumm und freundlich am Arm hängen und wartete, bis es weiter ging.

Das gefiel mir besonders gut, weil ich mir schon ausmalte, wie ich 160 Gäste mit baumelnder Krücke begrüßte.

Im Krankenhaus in Oldenburg wurde mir von Verena berichtet, dass die Hochzeitsvorbereitungen nahezu abgeschlossen seien. Meine Eltern hätten ihre Teilnahme leider abgesagt. Sie könnten ihre Tiere nicht so lange alleine lassen und es gäbe im Moment keine Nachbarn, denen sie diese so lange anvertrauen möchten. Aber sie würden uns dann ja unmittelbar nach der Hochzeit in Verenas neuem Haus begrüßen.

Heinz und Werner waren von der Einladungsliste gestrichen worden, weil sie mich, so die Verschwörungstheorie, zu dem Schweizdebakel überredet hätten, um so aus Eifersucht die Hochzeit zwischen mir und Verena zu verhindern.

Es wurde klar, dass ich als Einziger von meiner Seite am Event des Jahres teilnehmen würde. Gegen 159 von der Gegenseite.

Die Hochzeit blieb dann auch hinter allen Erwartungen zurück.

Das schönste Orgelspiel in einer barocken, wunderschön geschmückten Kirche gleicht einen humpelnden Bräutigam nicht aus. Die ausgelegten Taschentücher wurden benutzt – aber nicht für den ihnen eigentlich zugedachten Zweck.

Ein Brautvater, der seine Tochter schon zehn Meter vor dem Altar loslässt, ihr noch einen winzigen Schubs gibt und sich dann beleidigt abwendet, macht die Sache auch nicht besser.

Für den Fototermin brauchte es einen Profi: Weder Orthese noch Gehhilfe sollten auf den Bildern zu sehen sein und trotzdem wollte man hin und wieder einen stehenden Bräutigam. Hocker und Trittleitern taten hier gute Dienste – und retuschieren konnte man auch damals schon.

Ehrentanz entfällt. Sowohl mit der Braut, als auch, was beinahe noch wichtiger gewesen wäre, mit der für alles zahlenden Brautmutter.

Vater Eberhard hatte eine hinreißende Dia-Show seiner Tochter vorbereitet (er und seine Frau kamen auch nicht zu kurz). Beginnend mit dem ersten Schrei, wurde kein Lebensjahr und kein Ereignis ausgelassen. Und davon gab es viele.

Einziger Lichtblick war das Essen. Ein Buffet, wie ich es bis dahin noch nicht erlebt hatte und auch danach nie wieder gesehen habe.

Dennoch legte sich eine schlechte Allgemeinstimmung über das ganze Fest; schon um halb zehn sah ich die ersten Gäste verstohlen auf ihre Uhr schauen. Auf der Toilette hörte ich durch die geschlossene Kabinentür: „Das hinreißendste war das Kanarienvogelmuseum".

Dem ist nichts hinzuzufügen.

Kapitel 4   Der Umzug

Verena hat Besuch.

Irgendein Geschäftspartner, dessen Wohlwollen sie unbedingt für einen großen Deal benötigt. Ich habe ihn kurz durch das Fenster neben dem Haupteingang gesehen, als er klingelte. Maßanzug und teuerste Schuhe - trotz Pfannkuchengesicht und platter Nase.

Verena muss vermutlich die ganze Zeit so tun, als fände sie ihn total toll.

Ich musste mich sofort zurückziehen und sitze nun in meinem Arbeitszimmer, blicke auf den Diamantsee und wiege das kleine Schlüsselbund in der Hand.

Sicherlich nicht ungewöhnlich, wenn man noch alte Schlüssel von früheren Wohnungen hat. Da die Schlösser nach dem Auszug ohnehin meistens ausgewechselt werden, behält der ein oder andere sie vielleicht als Andenken an besondere Zeiten.

So ein Steckschlüssel lässt sich aber ohne Schlüssel nicht so einfach aus dem Schloss ziehen. Da muss schon ein Handwerker her und das Ganze aufbohren. Normalerweise müsste doch jemand bei mir angefragt haben, ob ich bitte den Steckschlüssel zurückgeben könne, weil man mir sonst die entstehenden Handwerkerkosten von der Mietsicherheit abziehen müsse.

Ich kann mich aber an dergleichen überhaupt nicht zurück entsinnen. Genaugenommen fehlt mir auch jede Erinnerung daran, wie ich mich von meiner Vermieterin verabschiedet und die Wohnung „besenrein" übergeben habe. Mit der 84-jährigen Alma Lebedow verband mich ja, wie bereits erwähnt, beinahe so etwas wie Freundschaft, so dass ich mir nicht vorstellen kann, dass ich mich sang- und klanglos aus dem Staub gemacht haben könnte.

Also versuche ich, die Ereignisse vor dreißig Jahren noch einmal in eine chronologische Reihenfolge zu bringen.

Meine letzte Erinnerung an die Wohnung ist, dass Verena mich mit dem Auto abholte, um mich zum Bahnhof zu bringen. Dort würde ich mich mit Werner und Heinz treffen, um zu unserem denkwürdigen Skiurlaub in die Schweiz zu fahren.

Verena war viel zu früh, weil sie den morgendlichen Berufsverkehr nicht einschätzen konnte.

Sie sagte nur kurz Bescheid, dass sie da wäre und wollte im Auto auf mich warten. Sie war insgesamt nur ein einziges Mal – fast ein Jahr her – in meiner Wohnung. Sie sah sich nur kurz um und setzte sofort ihr Igitt-Gesicht auf - und fasste fortan nichts mehr an. Zugegeben, ich war nie der große Reinigungs-Typ, aber Infektionsgefahr ging von meinen wenig gesaugten und geklopften Polstersesseln sicherlich auch nicht aus.

Sie hasste den Geruch von kaltem Rauch, der überall in der Wohnung gegenwärtig war. Es hätte viel mehr gelüftet werden müssen, aber die Heizleistung meiner Gasöfen war so bescheiden, dass mich jede Stoßlüftung heiztechnisch um Stunden zurückwarf. Es gab Winter, in denen es mir bis zum Abend nicht gelang, die Temperatur im Wohnzimmer über sechzehn Grad zu bringen.

Ich war ganz froh, dass sie draußen wartete. So konnte ich die letzten Handgriffe in Ruhe vornehmen und zum Schluss noch einmal alles kontrollieren.

Auch musste ich mich nicht, wie bei ihrem ersten und einzigen Besuch, für mein Lebensmodell schämen oder entschuldigen.

Sie brachte mich pünktlich zum Bahnhof und es folgte der Skiurlaub, der Unfall, Krankenhausaufenthalte zunächst in der Schweiz, dann in Oldenburg. Dann unmittelbar die Hochzeit. Vorher zum Herrenausstatter: Alles neu, „die alten Sachen lassen wir gleich hier".

Da ich nicht richtig laufen, geschweige denn Auto fahren konnte, hat Verena seinerzeit alles erledigt.

Ihr Haus war während unseres Schweiz-Aufenthalts fertig geworden. Heerscharen von Handwerker hatten alles punktgenau und perfekt erledigt, so dass ich vom Krankenhaus direkt in das nagelneue Domizil umgebettet wurde.

Eigentlich war vorgesehen, dass ich sie auf Händen über die Schwelle tragen sollte, aber selbst mit den praktischen Unterarmstützen aus der Schweiz war das bei frisch genageltem Sprunggelenk unmöglich.

Danach trennten sich unsere Wege für fast zwei Wochen.

Verena hatte von ihrem Vater zur Hochzeit eine Wohnung in Arosa geschenkt bekommen. Wohlgemerkt von ihrem Vater – nicht von ihren Eltern. Wahrscheinlich sollte die Größe des Geschenks seinen Frust darüber kompensieren, dass er mir seine Tochter in der Kirche nicht hatte übergeben dürfen.

Jedenfalls hat er auf der Hochzeit, vor allen Gästen, ausdrücklich darauf hingewiesen, dass die Wohnung ausgesprochen gut vermietet sei, „über Zahlen spricht man ja nicht, ha, ha" und wir beiden Turteltäubchen jederzeit dort unterkommen könnten. „Bei Eigenbedarf ist sie ‚ruck-zuck' frei für alles, was ihr damit vorhabt".

Verena fuhr also in die Schweiz, um die Wohnung zu inspizieren und die Mieter kennen zu lernen. Auch musste sie alle Bankangelegenheiten rund um die Wohnung klären und auf den Weg bringen. Den Rest der Zeit wollte sie für Spaziergänge in den Bergen nutzen, um sich vom Stress der Hochzeit und dem unglücklichen Drumherum zu erholen.

Da ich noch krankgeschrieben war, konnte ich meine Arbeit an der Uni noch nicht wieder aufnehmen. Es war auch nicht mehr viel zu tun. Die Dissertation war geschrieben und abgegeben. Ich wartete auf das Bewertungsergebnis und auf den Termin für das abschließende mündliche Kolloquium. Der Vertrag für die Promotionsstelle lief damit automatisch aus.

Ein Kollege mit spanischen Wurzeln, Diego, hatte fast zeitgleich mit mir seine Dissertation abgegeben und stand – wie ich – vor der Arbeitslosigkeit. Wir verstanden uns immer prächtig, waren zwar nicht immer der gleichen Meinung, konnten uns aber zu jedem Thema einigen.

Kennengelernt haben Diego und ich uns gleich zu Beginn des Studiums. Ich kam mit drei Wochen Verspätung an die Uni in Oldenburg, weil sich die Zentrale Vergabestelle für Studienplätze vertan hatte. Drei Wochen habe ich an der Hochschule in Dortmund verbracht, weil es so in meinem Bescheid stand. Ich bekam aber weder eine Immatrikulationsbescheinigung noch einen Studentenausweis. Es war so, als würde es mich gar nicht geben. Nach drei Wochen endlich fiel der Fehler auf und es wurde alles noch einmal von links auf rechts gekehrt. Heraus kam: Oldenburg wäre die richtige Adresse gewesen.

Diego kam drei Wochen zu spät zum Erstsemester, weil seine Mutter in Wuppertal schwer erkrankt war und sein Vater keinen Urlaub bekam, um sie zu pflegen.

Als wir auf dem Campus in Oldenburg anlandeten, waren die Freundes- und Arbeitsgruppen schon weitgehend verteilt. Als die ersten Referate von den Dozenten verteilt wurden, fanden sich schnell Gruppen, die sich der einzelnen Themen annahmen. Diego und ich blieben – aus welchen Gründen auch immer – stets übrig. Bei Diego weiß ich, weil ich es einmal mit eigenen Ohren gehört habe, dass man befürchtete, seine Sprachkenntnisse könnten womöglich nicht hinreichend sein und einem dadurch schlechte Noten einbringen.

Diese Befürchtung war vollkommen unbegründet. Diego ist zwar erst mit sechs Jahren nach Deutschland gekommen, hat aber sein Abitur in Wuppertal mit Eins

Komma vier abgelegt. Deutsch als zweites Leistungs-fach.

Wer das hinkriegt, hat er mir einmal erzählt, braucht ein wirklich dickes Fell. Als Ausländer gegen alle Vor-urteile gute Noten zu schreiben, ist ein dickes Brett.

Wir haben aus der Not eine Tugend gemacht und fortan alle Referate, Hausarbeiten und mündlichen Prüfungen zusammen absolviert. Und das mit sehr großem Erfolg. Nach dem Vordiplom gab es ständig Anfragen von Kommilitonen, ob sie zu uns in die Ar-beitsgruppe kommen könnten. Das haben wir stets ab-gelehnt: Jetzt waren wir ein „Closed Shop".

Kaum ein Team ergänzte sich so perfekt, wie wir bei-den: Alles, was ich nicht wusste und konnte, wusste und konnte Diego – und umgekehrt. Zum Schluss ver-fügten wir über eine derartig perfekte Prüfungs-Cho-reographie, dass die Dozenten und Professoren sich freuten, wenn sie uns prüfen durften.

Letztendlich haben wir auch die Diplomarbeit zusam-men geschrieben und gemeinsam promoviert. Aller-dings musste jeder seine eigene Dissertation verfassen. Welche Teile aber in meiner Arbeit von mir und welche von Diego sind, steht nicht dran. Auch bei ihm nicht.

Er besuchte mich eines Abends am Diamantsee, als Verena sich in Arosa erholte.

Ich holte eine, wie ich vermutete, besonders gute Fla-sche Wein aus Verenas Weinkeller – habe aber in Wirk-lichkeit keine Ahnung von Wein. Wir machten es uns auf der Terrasse bequem, mit Blick auf den See. Die Frösche quakten laut und die Natur war auf dem Höhepunkt dessen, was sie so leisten kann.

Er war gekommen, um mir einen Vorschlag für eine gemeinsame berufliche Zukunft zu unterbreiten.

Nicht weit von seiner Wohnung gab es einen Bauernhof, der von einer Bildungseinrichtung betrieben wurde. Es arbeiteten dort jeden Tag bis zu hundert langzeitarbeitslose Männer und Frauen an ihrer Wiedereingliederung in den Arbeitsmarkt. In Werkstätten für Holz und Metall, einer Fahrradwerkstatt, auf dem Acker, in der Großküche oder auch im Büro wurden diese Menschen nach Jahren der Erwerbslosigkeit wieder so weit stabilisiert, dass sie nach einem, zwei oder auch drei Jahren möglichst wieder in Arbeit gehen konnten. Diego hatte den Leiter beim Fußball kennengelernt und sie sind beim obligatorischen Bier nach dem Training ins Gespräch gekommen.

Diego hatte so erfahren, dass mehr als die Hälfte der dort betreuten Menschen psychische Probleme hatten und dringend einer Therapie bedurften. Die Psychotherapeuten hatten aber, wie heute auch noch, einerseits monatelange Wartezeiten und zum anderen oft wenig Lust auf diese Klientel. Es macht ihnen mehr Freude, die Eheprobleme von Studienräten zu behandeln, als die Folgen von Sucht, Schulden und Delinquenz, wie sie bei dieser Zielgruppe an der Tagesordnung war.

Und da kommen wir ins Spiel. Diego hatte eine Möglichkeit gefunden, ein Therapiezentrum für diese sozial und wirtschaftlich Benachteiligten mit öffentlichen Mitteln finanzieren zu lassen. Und das für lange Zeit.

Das konnte er aber nicht alleine schaffen; gerade am Anfang müssen Anträge geschrieben, Kalkulationen erstellt und werbende Vorträge gehalten werden. Die geeigneten therapeutischen Verfahren müssen entwickelt und teils harte Verhandlungen mit den Geldgebern geführt werden.

Und er könne sich eine Zusammenarbeit mit mir sehr gut vorstellen.

Über dieses Angebot habe ich mich sehr gefreut, auch ich konnte mir gut vorstellen, gemeinsam mit Diego etwas aufzubauen.

Den Rest des Abends haben wir in Träumereien von unserem Therapiezentrum geschwelgt. Von langen Fluren, diversen Behandlungszimmern, Schreib- und Verwaltungskräften und zufriedenen und glücklichen Klienten.

Ich musste noch zweimal in Verenas Weinkeller hinabsteigen und habe jeweils die erstbeste Flasche mit nach oben genommen.

Die Sache wurde mit Handschlag beschlossen. Solange ich noch nicht hinreichend mobil wäre, sollte ich Konzepte schreiben, Kalkulationen anfertigen und telefonische Aufgaben erledigen. Diego übernahm die Reise- und Präsentationsaufgaben.

Und so geschah es: Bis heute, also seit beinahe dreißig Jahren, betreiben Diego und ich das „Therapiezentrum

Nordwest". Mit den Langzeitarbeitslosen vom Bauernhof fing es an. Mittlerweile sind wir eine bekannte Adresse in allen Kreisen, denen es wirtschaftlich nicht so gut geht und die psychische Probleme aufweisen.

Am Rande bemerkt: Als Verena aus der Schweiz zurückkam, war sie von dieser Zukunftsidee überhaupt nicht begeistert. Obwohl sie Diego sehr mochte, ging mit seiner Idee ihr Traum vom „Dreamteam" und einem bedeutenden Ehemann für immer verloren. Denn es war allen Beteiligten klar: Das ganz große Geld läßt sich im sozialen Bereich nicht verdienen und das Ansehen der dort Beschäftigten ist in Verenas Kreisen eher gleich null.

Ihr Kommentar: „Klar sind soziale Berufe auch wichtig und machen Spaß, das Geld wird aber woanders verdient. Für das wirkliche Weiterkommen der Gesellschaft sind andere Schwerpunkte und Ansätze wichtig."

* * *

Langsam kommt die Erinnerung zurück. Als ich in der Schweiz im Krankenhaus lag, haben mich Werner und Heinz sofort besucht. Irgendwie fühlten sie sich mitschuldig an meinem tölpelhaften Unfall.

Als Werner fragte, ob er in der Heimat irgend etwas für mich erledigen könne, winkte ich zunächst ab. Aber dann fiel mir ein, dass ich für die Woche nach dem Schweizaufenthalt eigentlich meinen Umzug von der kleinen Wohnung in der Weizmannstraße in Verenas Herrenhaus am Diamantsee geplant hatte. Das war nun auf keinen Fall mehr möglich. Die Ärzte sprachen von mindestens sechs bis acht Wochen und man sah ihnen an, dass das schon nach unten beschönigt war.

Also bat ich Werner, weil er einen Führerschein und ein Auto besaß – genau genommen zwar nur eine Ente – für mich den Umzug zu organisieren. Umzug war dabei ein großes Wort. Verena wollte nichts von meinen alten, verqualmten Sachen in ihrem neuen „stylischen" Haus haben. Sie würde mir alles „mehr als ersetzen", hat sie mehrfach betont. So musste Werner nur ein paar Freunde anheuern und vielleicht einen Kleintransporter mieten, um alles zum Müllwerk zu fahren. Bis auf wenige persönliche Dinge: Fotos, Dokumente und ein paar kleinere private Sachen, die ich ihm an einer Hand aufzählen konnte und die er sich notierte.

Er war gerne bereit, das zu übernehmen. Weniger motiviert wurde er in dem Augenblick, als ich ihm sagte, bei Fragen könne er sich auch an Verena wenden.

„Nee, lass man, das krieg ich schon alleine hin. Die hält mich für einen ‚Heckenpenner' – hab ich mit eigenen Ohren gehört."

Ich bedankte mich im voraus für die entstehenden Mühen und versprach ihm: „Sobald ich in Oldenburg bin, kannst Du mich sicherlich auch im Krankenhaus erreichen."

Dann kam die erste OP in der Schweiz, um mich transportfähig zu machen. Mit viel Aufregung um den

Auslandsschutz der Krankenkasse, um Vorauszahlungen, Chefarztbehandlung und, und, und. Dann der komplizierte Rücktransport nach Oldenburg: Mit der freiwilligen Feuerwehr Oberthurn zum Flughafen Zürich, Übergabe an die Flughafen-Feuerwehr, mit der Trage als erster in den Flieger und vom Flughafen Bremen mit einer „Übungsfahrt" der Johanniter zum Klinikum Oldenburg. Dann die endgültige OP. Komplikationen, Verzögerungen.

Werner hat mich besucht und ich habe ihn nach dem Umzug gefragt. Er sagte, er komme nicht mit Verena klar. Sie lasse sich einfach nichts sagen und er wisse auch nicht weiter. „Soll sie doch sehen, wie sie alleine klar kommt".

Jetzt erinnere ich mich wieder, als wäre es gestern gewesen. Ich wollte mit Verena darüber sprechen, sie war aber noch nicht aus der Schweiz zurück – und danach habe ich es einfach vergessen.

* * *

Ich sitze immer noch in meinem Arbeitszimmer unterm Dach mit Blick auf den Diamantsee und mich befällt eine dumpfe Ahnung.

Ich hole alle alten Kartons aus dem Regal, kippe ihren Inhalt einfach auf den Fußboden und grabe alles durch: Bilder von der Hochzeit, von unseren Urlauben, von der Zeit danach. Verena als Kind, Verena als Heranwachsende, ihre Eltern, Bilder von ihrer Diplomfeier –

aber kein einziges Bild von mir aus der Zeit vor dem Umzug. Kein Dokument, kein Zeugnis – einfach nichts.

So wird es gewesen sein: Verena stand allein vor dem Umzug, Werner war ausgestiegen und sie wird irgendein Unternehmen beauftragt haben, alles zu entsorgen.

Alles!

Kapitel 5   Besuch in der Weizmannstraße

Mein Entschluss steht fest: Ich muss mir meine alte Wohnung noch einmal ansehen. Vielleicht wissen die jetzigen Bewohner noch, wie damals die Übergabe abgelaufen ist. Womöglich sind es ja auch noch die gleichen Leute, die nach mir dort eingezogen sind. Dreißig Jahre in der gleichen Wohnung ist in Deutschland nichts Außergewöhnliches.

Ich werde nett klingeln, erzählen, dass ich in den Achtzigern fast sieben Jahre hier gewohnt habe und mich die Sehnsucht nach den alten Tagen heute hier her geführt hat. Und natürlich die Neugierde, wie sich meine Wohnung so über die Jahrzehnte entwickelt hat. Vielleicht lassen sie mich ja einmal kurz in die Räume und in den kleinen Garten blicken. Wahrscheinlich ist nichts wiederzuerkennen.

Ich muss immer häufiger an meine kleine alte Wohnung denken.

* * *

Nun warte ich schon mehrere Wochen darauf, einmal unser Auto zu bekommen, um zu meiner ehemaligen Wohnung zu gelangen.

Ich fahre in der Regel mit dem Fahrrad zur Arbeit. Das Therapie-Zentrum ist nur etwas mehr als fünf Kilometer vom Diamantsee entfernt. Verena hat es da deutlich weiter. Rund fünfzehn Kilometer sind es bis zu ihrem Firmensitz und sie nutzt täglich das Auto. Außerdem hat sie sehr häufig Außentermine, zu denen sie den Wagen benötigt.

Den zweiten Wagen, den wir bis vor kurzem noch hatten, habe ich aus ökologischen Gründen abgegeben. Gegen Verenas heftigen Protest: „Alle in unserem Bekanntenkreis haben mindestens zwei Autos!" Betonung auf „mindestens". Für ihren Bekanntenkreis trifft das sicherlich auch zu – für meinen nicht. Seit Diego und seine Frau das dritte Kind bekommen haben, fährt er auch fast nur noch Fahrrad. Das uralte Auto, mit dem seine Frau die Kinder in der Weltgeschichte herumfährt und Windeln und Fruchtsaft besorgt, würde in Verenas Bekanntenkreis im übrigen auch gar nicht mehr als solches durchgehen. Auch alle unsere Mitarbeiter – und das sind mittlerweile über dreißig – haben, wenn überhaupt, höchstens ein Auto.

Und einen anderen Bekanntenkreis habe ich nicht mehr.

Den Besuch meiner alten Wohnung möchte ich vor Verena geheimhalten. Die bohrenden Fragen und das zu erwartende investigative Verhör: „Gefällt es dir hier nicht mehr? Kannst Du denn nie loslassen?" möchte ich mir ersparen.

Es gibt ja auch nichts zu erklären. Nostalgie fällt unter Emotion nicht unter Kognition.

Meine alte Wohnung in Oldenburg liegt etwa sechsundzwanzig Kilometer von hier entfernt. Das kann man zwar mit dem Fahrrad schaffen, ist aber hin und zurück am gleichen Tag eine echte Herausforderung, zumal, wenn man vor Ort auch noch etwas erledigen will.

Also warte ich, bis Verena das Auto einmal nicht benötigt und dennoch irgendwie außer Haus ist.

* * *

An einem Spätnachmittag während dieser Wartezeit ein merkwürdiges Ereignis: Ich habe mich mit dem Liegestuhl auf dem Steg in die Sonne gelegt und muss wohl kurz eingenickt sein. Jedenfalls weckt mich Verenas Stimme und ich öffne die Augen. Die ganze Welt ist sepia-braun und Verena, die unmittelbar vor mir steht, ist nicht die fünfundfünfzigjährige Erfolgsfrau von heute, sondern die Mittzwanzigerin von vor über dreißig Jahren.

Mir fehlen die Worte und ich muss ein derart erschrockenes Gesicht aufgesetzt haben, dass Verena mich sofort an der Schulter fasst und besorgt fragt: „Was ist mit Dir?"

Der Zauber dauert nur ein paar Sekunden und das Sommergrün und das Himmelsblau mischen sich wieder in mein Blickfeld, bis der Normalzustand wieder hergestellt ist.

Verena ist immer noch besorgt, aber wieder die Frau, die in unsere jetzige Zeit gehört.

Auf ihre Frage, was denn los sei, antworte ich ausweichend. Ich möchte nicht, dass sie sich unnötig Sorgen macht und mich bedrängt, sofort zum Arzt zu gehen.

Ich nehme mir vor, bei Gelegenheit einmal die psychologische Literatur nach Effekten in der Übergangsphase vom Schlaf- in den Wachzustand zu durchsuchen.

* * *

Es ist noch sehr früh am Morgen. Ich habe äußerst schlecht geschlafen und sitze mit brummendem Schädel, unrasiert und im Morgenmantel am Frühstückstisch. Verena kommt dazu. Es ist eigentlich noch gar nicht ihre Zeit.

Sie trägt ihr dunkelblaues Kostüm, ist fertig geschminkt und anscheinend schon auf dem Weg zur Arbeit.

„So früh schon los?" frage ich, „liegt etwas Besonderes an?"

Den Witz über ihr Kostüm, das sehr an die Lufthansa-Uniform erinnert, „Frollein, können sie mir das mit den Notausgängen noch einmal zeigen", erspare ich mir heute, denn damit habe ich schon zweimal exzellente Bruchlandungen erlebt.

Wenn man selbst etwas sehr witzig findet, das Gegenüber einen aber nur mitleidig ansieht und einem die Pointe und das Lachen quer im Halse steckenbleiben, ist das deutlich schlimmer, als einfach mal keinen Witz zu machen.

Werner hätte das hier zwischenmenschlich angemessene Verhalten mit: „Einfach mal die Fresse halten" umschrieben.

Aber den gibt's ja nicht mehr. Ich meine, ich hätte irgendwo gehört, er sei gestorben. Aber auch das ist schon mindestens fünfzehn Jahre her und ich weiß nicht, wer mir das erzählt haben sollte.

Also heute mit Ernst an die Sache:

„Wo geht's denn hin – und was liegt an?"

Verena nimmt sich noch schnell den Rest des Croissants von meinem Teller, steckt es im Stück in den Mund und leckt sich dann den Honig von den Fingern.

„Irgend so ein Seminarhotel hinter Bremen. Ich glaube es ist sogar ein Schloss. Muss ich aber nicht wissen, Klaus-Dieter holt mich ab".

„Und was macht ihr da?"

„Auftrag eines mittelständischen Industrie-Unternehmens von der Küste. Die stellen bewegliche Wände für Schulen, Hotels und Gaststätten her. Weißt Du, wo man die einzelnen Elemente, die an Rollen an der Decke hängen, durch den Raum fahren und woanders wieder aufbauen kann. Oder so ähnlich. Ich glaube, Falttüren aus Holz stellen die auch her.

Sie kommen zu zwölft – alle aus Führungspositionen. Der Umsatz ist in den letzten Jahren stark zurückgegangen und jetzt sollen wir ihnen Lösungen liefern."

„Und schon eine Idee?"

„Klar, in der Regel liegen die Probleme in den Bereichen Kommunikation und Motivation. Wenn keiner mehr engagiert ist und nur noch denkt, ‚die werden schon sehen, was sie davon haben', dann geht so ein Unternehmen schnell den Bach runter".

„Und was macht ihr?"

„Verstehst Du nichts von: Change-Management, Make-or-Buy, Low-Hanging-Fruits und so weiter und so fort."

Sie ergänzt: „Klaus-Dieter hat eine unnachahmliche Art, zuerst eine Vorstellungsrunde aller Teilnehmer zu machen. Jeder soll erzählen, was er von dem Seminar erwartet, ‚was muss sich verändert haben, damit Sie heute abend zufrieden nach Hause gehen?'

Normalerweise sprudeln die Teilnehmer vor lauter Energie tausend Fragen aus sich heraus. Klaus-Dieter schreibt alles mit, fragt nach und macht Notizen. Alle sind zufrieden.

Und dann ziehen wir unser Programm so durch, wie wir es vorbereitet haben. Müsste eigentlich auch jeder Teilnehmer wissen, dass wir morgens um viertel nach neun nicht mehr die für den Tag vorgesehenen Power-point-Präsentationen verändern.

Die Zettel mit den Notizen wirft Klaus-Dieter in einem unbeobachteten Moment weg.

Er ist froh, wenn die Vorstellungsrunde länger als anderthalb Stunden dauert. Dann werden wir an dem Tag nämlich nicht fertig und die Kunden müssen mindestens einen Folgetermin buchen und finanzieren.

Es hat auch noch nie jemanden gestört, dass am Ende nicht gefragt wird, ob denn alle Erwartungen erfüllt sind. Meistens sind sie dann so groggy, dass sie nur noch nach Hause wollen.

Oh, ich glaube, er kommt."

Draußen hupt ein Auto. Sogar der Hup-Ton klingt protzig.

„Bleibst Du über Nacht?"

„Nein, ich denke, ich bin spätestens um acht wieder da."

„Na dann wünsche ich angenehme Businesspläne, Vorgesetzten-Mitarbeiter-Gespräche und Open-Space-Übungen".

Verena wirft sich einen dünnen Mantel über den Arm, nimmt den schwarzen Aktenkoffer mit den Zahlenschlössern, winkt mir noch kurz zu und stöckelt Richtung Ausgang.

Ich gehe ihr nach und blicke durch das Türfenster. Klaus-Dieter hat ihr schon die Wagentür aufgerissen und steht mit ausgebreiteten Armen auf der Kiesauffahrt. Küsschen links, Küsschen rechts und – noch einmal links. Die französische Variante.

Er trägt einen dunkelblauen Anzug, der viel zu klein aussieht („trägt man heute so") und dazu spitze hellbraune Halbschuhe. Die Kombination war früher verboten.

Und gegelte Haare fand ich schon immer doof.

Meine Kopfschmerzen sind wie weggeblasen: Ich habe das Auto zur Verfügung und Verena kommt vor acht nicht nach Hause.

Schnell unter die Dusche, Schlüsselbund nicht vergessen und los.

Mein Herz pocht bis in beide Ohren.

* * *

Die Fahrt zu meiner alten Wohnung ist entspannt. Auch wenn ich nicht viel Auto fahre, halte ich mich trotz meiner fünfundfünfzig Jahre für einen sicheren und bedachten Fahrer. Den Weg finde ich sofort, auch wenn die Weizmannstraße etwas versteckt im mittlerweile besten Viertel der Stadt liegt.

Das war früher nicht so. Die Wahlergebnisse des Wahlkreises, in dem die Weizmannstraße liegt, hatten in den Sechzigern und Siebzigern stets den höchsten Anteil linker, aber auch rechter Wähler. Nur in der Mitte war wenig.

Da waren die alteingesessenen Vermieter wie Frau Alma Lebedow, die vermutlich zeitlebens das Konservative und Werterhaltende gewählt haben.

Im Vorderhaus wohnte seinerzeit noch ein Graf Lechwitz mit seiner Frau Amalie. Immer wenn ich zum Zähler ablesen kam, begrüßte ich ihn mit einem fröhlichen „guten Tag Herr Lechwitz, alles im Lot?". Nein, nichts war im Lot, Herr Lechwitz möchte nicht „Herr" genannt werden, sondern „Graf".

„Sagen Sie bitte Graf Lechwitz zu mir junger Mann. Sie können das nicht verstehen, aber wir haben im Krieg alles verloren – außer unseren guten Namen".

Den Gefallen habe ich ihm nie getan. Soviel wusste ich noch aus dem Geschichtsunterricht, dass 1918 der Adel in Deutschland abgeschafft wurde und alle Adelsprädikate Bestandteil des Namens wurden. Demnach heißt der ehemals blaublütige Mitbewohner korrekt Herr Graf Lechwitz und seine Frau – da hätte er mich beinahe rausgeworfen, als ich es ihm erklärte – kann nur Frau Graf Lechwitz heißen – nicht Gräfin.

„Linkes Pack, Gesindel, ihr werdet es nie zu etwas bringen" wurde er dann ausfallend.

Aber die vielen jungen, fortschrittlich denkenden Studenten und Auszubildenden, die als Mieter in der Weizmannstraße und drum herum wohnten, machten den linken Teil des Wahlergebnisses aus.

Trotzdem war es ein – überwiegend – friedliches Miteinander, den Konflikt mit dem Adel einmal nicht gerechnet.

* * *

Ich weiß nicht mehr, wie es damals mit der Parksituation aussah – ich besaß ja kein Auto. Heute ist es eine Katastrophe. Ich stelle meinen Wagen zwei Straßen entfernt ab, ohne einen wirklichen Parkplatz gefunden zu haben. Man muss beide Augen zudrücken, was das teilweise Versperren einer Garageneinfahrt betrifft. Aber es ist einfach nichts zu finden. Hoffentlich bekommt Verena keinen Ärger – das Auto ist ja auf sie zugelassen.

Der Weg vom Auto zur Wohnung ist sehr schön. Die Vorgärten blühen, die Vögel singen unbeschwert ihre Lieder und alle Leute, die mir begegnen, scheinen guter Laune zu sein. Sie grüßen freundlich, obwohl wir uns gar nicht kennen.

Herrliche alte Villen, nicht zu protzig, aber doch so, dass man den Wohlstand ihrer Erbauer noch ahnen kann. Alle so um die Jahrhundertwende gebaut, liebevoll gepflegt und renoviert.

Oldenburg hat Glück gehabt. Die Stadt ist vom Weltkrieg fast vollständig verschont geblieben. Von Bomben gerissene Baulücken, die in den Fünfzigern und Sechzigern oder sogar noch später durch hässliche Funktionsbauten geschlossen wurden, gibt es hier so gut wie gar nicht.

Der damalige Oberbürgermeister der Stadt hat Oldenburg 1945 kampflos an die Kanadier übergeben. Bis heute sind sich die Oldenburger nicht einig, ob er ein Held war, der Oldenburg gerettet hat oder einfach nur ein Nazi, der spürte, dass nichts mehr zu holen war und seine Ausgangssituation für die Nachkriegsprozesse der Alliierten verbessern wollte.

Das Ergebnis war so oder so auf jeden Fall für Oldenburg von Vorteil.

An einer Straßenkreuzung bleibe ich kurz stehen. Hier war damals ein Lebensmittelgeschäft im Souterrain. Draußen gab es einen Bierautomaten, den wir in den wilden Jahren häufig noch in den Morgenstunden nutzten, wenn die eigenen Vorräte erschöpft waren.

Werner berichtete vor über dreißig Jahren einmal, dass er auserkoren war, gegen fünf Uhr morgens Nachschub aus dem Automaten zu holen. Auf einem Zaun hinter dem Automaten begann ein früher Vogel sein Lied zu singen. Als Werner ihn anschrie: „Jetzt noch nicht!!" unterbrach der Vogel sein Lied mitten im Takt und verschwand fluchtartig aus der Szene. Als er uns diese Geschichte hinterher erzählte, waren wir uns sicher, dass der Vogel nun bis ans Ende seiner Tage eine „posttraumatische Belastungsstörung" habe.

Jahrelang hat mich früher mein Weg zur Uni und zum Einkaufen hier entlanggeführt. Viele Häuser erkenne ich wieder.

Jetzt ist es nicht mehr weit bis zur Weizmannstraße. Schon als ich um die letzte Ecke biege erkenne ich das Haus wieder. Es sieht jetzt hellgelb aus – eigentlich viel schöner als das Zartrosa, das ich noch in Erinnerung habe.

Ansonsten wirkt alles unverändert. Die Bäume sind groß geworden. Vielleicht gab es sie damals auch noch gar nicht. Dreißig Jahre sind eine lange Zeit. Wirklich erinnern kann ich mich nur an die riesige Blutbuche, die auf der Grenze zum Nachbargrundstück steht. Die war schon damals beeindruckend.

Das Haupthaus steht mit seiner Giebelseite unmittelbar am Bürgersteig. Es ist keine herausragende Schönheit, eher schlicht und ohne überflüssige Ecken und Kanten. Immerhin gibt es an der Fassade im ersten Stock einen fast metergroßen Sandsteinengel, der offenbar in einem aufgerollten Dokument liest. Zu seinen Füßen ist eine Art Grundstein eingelassen: „Erbaut anno 1904".

Der Anbau, in dem ich einst wohnte, ist wie ein kleines, eigenständiges Satteldachhaus und befindet sich hinter dem Haupthaus und zwar so, dass weniger als die Hälfte seiner Giebelseite links hinter dem Haupthaus hervorlugt. In diesem sichtbaren Teil befindet sich neben der Haustür eine mit - zum Teil bunten - Glasbausteinen ausgefüllte Lichtöffnung. Wie ich weiß, befand sich früher dahinter die kleine Küche.

Zum Anbau gelangt man über einen schmalen Weg zwischen dem Haupthaus auf der einen und einem überdachten Fahrradstand und einer Batterie von verschiedenfarbigen Mülltonnen auf der anderen Seite. Etwa auf halber Strecke befindet sich der Eingang des Haupthauses.

Die Vermieterin Lebedow hat mir seinerzeit – wohl anlässlich eines winzigen Gläschens Eierliklör – erzählt, dass der Anbau ursprünglich eine Art Remise gewesen sei, in der ein erbgroßherzoglicher Soldat mit Pferd und Wagen gelebt habe. An der Stelle der Haustür und dem Glasbaustein-Fenster habe sich ein großes Tor befunden, durch das der Pferdewagen in das Gebäude gefahren werden konnte.

Und tatsächlich befand sich in meiner ehemaligen Küche rechts oberhalb der Glasbausteine eine uralte, verrostete, massive Türangel, die gut und gerne noch aus der beschriebenen alten Zeit stammen konnte.

Das Nachbarhaus - vor dem Gebäude stehend links - gehörte damals einer Familie Dr. Baumstark. Von meiner Küche aus konnte ich durch ein kleines quadratisches Fenster in deren Garten sehen. Dr. Baumstark hatte, wann immer ich ihn gesehen habe, eine dicke Zigarre im Mund. Niemals auch nur einen Augenblick ohne – selbst wenn er mit mir sprach, wippte die Zigarre im Takt seiner Worte.

Er war Studienrat an einem Oldenburger Gymnasium. Irgendwann traf ich eine junge Frau auf einer Geburtstagsfeier, die von ihm unterrichtet worden war. Während des Unterrichtens durfte Baumstark natürlich nicht rauchen – auch nicht in den frühen achtziger Jahren. Die junge Frau behauptete, dass sich in Baumstarks rechtem Mundwinkel immer ein kleines, offenstehendes Oval zwischen Ober- und Unterlippe befand, selbst wenn der Mund dem Grunde nach geschlossen war. Die Halteöffnung für die Zigarre ließ keinen vollständigen Lippenschluss mehr zu.

Mein erster Weg führt mich die fünf Stufen zu Baumstarks Haustür hinauf. Der Blick auf die Klingel macht sofort klar, dass hier nichts beim Alten geblieben ist: Fremde Namen – und ich erinnere mich, dass Baumstark eigentlich vor dreißig Jahren schon alt war. Er wird schon lange das Zeitliche gesegnet haben. Noch viel länger sein Dackel Arko, der immer zur unpassendsten Zeit durch den Garten kläffte.

Den deftigen Zigarrenduft, der regelmäßig durch das kleine Fenster in meine Küche waberte, wenn Baumstark und Arko ihre Runde durch den Garten drehten, habe ich nie vermisst.

Dann drücke ich mich eine Weile unter dem Fahrradstand herum. Es stehen nur wenige Fahrräder hier, die meisten Bewohner sind sicherlich zur Arbeit oder zur Uni, es ist ja ein ganz normaler Werktag. Der Blick auf die Klingelschilder des Haupthauses belehrt mich darüber, dass insgesamt nur noch drei Parteien dort leben. Sämtliche Namen unbekannt. Anders als früher, als es im Bewohnerkreise hieß: „Oma Alma vermietet jeden Sicherungskasten, um an Geld zu gelangen."

Dann schlendere ich – betont unauffällig – zum Hinterhaus. Mindestens fünfmal schaue ich mich verstohlen um, ob mich jemand beobachtet. Falls mich jemand darauf anspricht, was ich hier zu suchen hätte, habe ich mir die Frage „ist das hier Nummer 30?" zurechtgelegt - wohl wissend, dass es Nummer 28 ist.

Aber ich gelange unbemerkt bis zu meiner alten Haustür. Mein erster Blick gilt der Klingel. Die Beschriftung ist unleserlich und seit mindestens zehn Jahren nicht verändert worden. Es steigt in mir die Ahnung auf, dass die Wohnung nach mir möglicherweise gar nicht wieder vermietet wurde und es immer noch mein altes, verwittertes Klingelschild ist. Vielleicht wird die ehemalige Wohnung nur noch als Lagerraum,

Werkstatt oder Schuppenersatz benutzt. Das wäre schade, sie war schon damals ein ganz besonderes Kleinod.

Die Außentür hat im oberen Bereich drei Milchglasfenster. Ich weiß, dass sie in einen Windfang führt, der vielleicht etwas größer ist als ein Meter mal ein Meter. Ich erinnere mich, dass ich, im Windfang stehend, immer zuerst die Außentür schließen musste, bevor ich die dann folgende Windfangtür öffnen konnte. Es war einfach furchtbar eng. Einmal hätte ich beinahe den Zug verpasst, weil es mir nicht gelingen wollte, den sperrigen Koffer durch den schleusenartigen Eingangsbereich zu bringen. Ich höre mich noch die ganze Zeit fluchen: „Verdammt, er ist doch auch irgendwie reingekommen."

Ich sehe mich noch einmal um – niemand da. Dann lege ich beide Hände schützend an mein Gesicht und gleichzeitig an eine der Scheiben. Das Glas ist anscheinend nicht nur blickdicht gefertigt, sondern auch von innen furchtbar schmutzig. Erkennen kann ich nichts, außer dass es im Innenbereich irgendwie bunt aussieht.

In dem Moment öffnet sich die Tür des Haupthauses und eine Frau mittleren Alters tritt heraus. Gerade will ich meinen Spruch mit den verwechselten Hausnummern aufsagen, als sie von sich aus sagt: „Da brauchen Sie nicht zu klingeln, da wohnt schon seit einer Ewigkeit keiner mehr. Schon nicht mehr seit ich hier wohne und das sind immerhin…. ist ja auch egal." Ich wünsche ihr einen guten Tag und warte, bis sie um die Ecke des Fahrradunterstandes verschwunden ist.

Aufregend, so ein Ausflug in die Vergangenheit.

Nun wende ich mich dem Türschloss zu.

Nicht zu glauben. Das hätte ich nicht für möglich gehalten: Ein Steckschloss - genau wie früher.

Einen Moment bin ich mir unsicher, ob ich mich traue. Dann hole ich das kleine Schlüsselbund aus der Manteltasche, sehe mich noch einmal um und versuche, den Steckschlüssel in die winzig kleine Öffnung einzuführen.

Er passt nicht. Was für ein Zufall!

Andererseits denke ich, wenn dieses Schloss das letzte Mal benutzt wurde, als Werner oder Verena die Wohnung vor dreißig Jahren ausgeräumt haben und dann – warum auch immer – die Tür wieder mit dem Steckschloss verbarrikadiert haben, ist es seit dieser Zeit unbenutzt. Messing rostet zwar nicht, aber Staub, Schmutz, Regen, Hagel, Schnee und Sonne setzen sicherlich auch solch einem Material zu.

Ich versuche es also noch einmal. Ganz langsam und vorsichtig. Millimeter für Millimeter schiebt sich der Schlüssel in den schmalen Schlitz.

Obwohl körperlich nicht anstrengend, schwitze ich und fühle, dass ich einen hochroten Kopf habe.

Ein bisschen ruckeln, vorsichtig wieder ein wenig zurück, dann mit etwas Kraft wieder vor. Es bewegt sich.

Es hat auf jeden Fall über eine Stunde gedauert, bis der Schlüssel komplett eingeführt war. Jetzt vorsichtig drehen. Das geht erstaunlich einfach. Ein kurzes schnappendes Geräusch und ich kann den kleinen Messingzylinder aus dem Schlüsselloch ziehen.

Nun ist der andere Schlüssel dran, von dem ich noch weiss, dass er sowohl die Außentür als auch die folgende Windfangtür zum Flur öffnet.

Ich schließe auf – was verhältnismäßig einfach geht - atme zwei-, dreimal tief durch und will die Tür nach innen öffnen.

Es geht nicht, nach drei, vier Zentimetern ist Schluss. Ich drücke mit ganzer Kraft. Das bringt mir vielleicht knapp einen weiteren Zentimeter. Mehr ist auch nach weiteren Versuchen nicht drin.

Zuerst denke ich, die Tür ist im Rahmen verklemmt. Aber dann ließe sie sich nicht einmal für fünf Zentimeter öffnen.

Ich gehe runter auf die Knie und versuche, meine Hand durch den entstandenen Schlitz in den Flur zu schieben. Ganz unten geht es nicht, da stoße ich auf Papier oder ähnliches. Etwa dreißig, vierzig Zentimeter höher ist es zwar eng für meine Hand, aber es geht problemlos.

Nach und nach fingere ich ein Stück Papier nach dem anderen durch den Türspalt. Prospekte, Gratiszeitungen, aber auch Briefe „an alle Haushaltungen".

Der Papierberg neben mir wird immer größer, ohne dass ich im Flur eine Veränderung feststellen kann. Mir wird klar, dass ich das heute nicht alles schaffen kann. Ich muss wiederkommen und mehr Zeit mitbringen.

Den heute geborgenen Abraum fülle ich in eine der blauen Tonnen. Dann schließe ich die Tür vorsichtig wieder ab, gehe langsam zum Auto zurück und nehme mir vor, beim nächsten Mal Müllsäcke und ein bisschen Öl für das Schloss mitzubringen.

Ich bin nur knapp eine halbe Stunde vor Verena zu Hause, habe schnell geduscht und mir zurechtgelegt, was ich auf die Frage: „Wie war's bei dir? Was hast Du den ganzen Tag gemacht?" antworten will. Es wäre so etwas geworden wie „furchtbar langweiliger Tag", „nichts Besonderes passiert", „erzähl Du, wie war euer Seminar?"

Die verlogene Ausrede muss ich aber gottlob nicht vorbringen. Verena ist so voll mit ihren Erlebnissen des Tages, dass sie schon lossprudelt, bevor sie ihre Lufthansa-Jacke ausgezogen hat.

Ich muss mich sehr bemühen, ihr konzentriert zu folgen und zuzuhören um an den richtigen Stellen mmh (ja), mhmh (nein) oder mhh? (wie bitte) beizutragen.

Gedanklich bin ich bei einer Tür, hinter der sich ein Geheimnis verbirgt, das ich aber erst noch freilegen muss.

Kapitel 6   Die alte Wohnung

Die Zeit zieht sich wie Kaugummi. Scheinbar ist die Saison für Seminare vorbei, denn Verena verläßt das Haus seit Wochen nicht mehr für Tages- oder Mehrtagesveranstaltungen. Sie geht morgens aus dem Haus und man kann nie sagen, wann sie wieder zurück kommt.

Das nennt man heute nicht mehr „früher Feierabend machen" sondern „Home-Office" – es bedeutet aber das gleiche.

Sonst würden die Damen und Herren Manager niemals auf ihre fünfzig bis sechzig Stunden pro Woche kommen, mit denen sie auf jeder Feier angeben.

Also geduldig abwarten, bis sich die Gelegenheit wieder einmal ergibt, dass ich das Auto zur Verfügung habe und eine ausreichende zeitliche Sicherheit.

Meine Geduld wird auf eine harte Probe gestellt. Es dauert fast sechs Wochen, bis mir Verena mit dem üblichen „schaut-her-wie-schwer-ich-es-habe-Gesicht" mitteilt, dass sie morgen wieder von Klaus-Dieter abgeholt wird.

„Die Mittelständler vom Schloss brauchen eine zweite Sitzung. Klaus-Dieter hat sich schon etwas Feines ausgedacht. Die werden nicht schlecht staunen."

Da die von mir erwartete Gegenfrage ausbleibt, trennen sich unsere Wege und ich werde nie erfahren, was der Gegelte sich Pfiffiges ausgeknobelt hat.

Der kommende Morgen gleicht dem weiter oben beschriebenen: Kein Lufthansa-Witz, Croissant mit Honig, Klaus-Dieter hupt, Stöckelschuhe im Kies, französische Küsschen-Variante, Abfahrt in die Welt des Managements.

Ich frühstücke schnell zu Ende, packe eine Rolle blauer Säcke und Fahrradöl ein und fahre zu meiner „Baustelle".

Die Parkplatzsuche gestaltet sich zwar kompliziert, aber nicht so furchtbar wie beim letzten Mal. Es sind nur circa zweihundert Meter zu laufen, so dass ich später die gefüllten blauen Säcke gut zum Auto schaffen kann. Ich werde den Inhalt nach und nach zu Hause in die blaue Altpapiertonne entsorgen.

Das Wetter spielt leider nicht so mit, wie ich es gerne hätte. Es nieselt und ist für die Jahreszeit deutlich zu kühl. Hätte ich das gewusst, hätte ich mir dicke Unterwäsche angezogen.

Hätte, hätte, Fahrradkette.

Hoffentlich erkälte ich mich nicht; das kann ich im Moment überhaupt nicht gebrauchen.

Nachdem ich Schlüssel und Schloss kräftig eingeölt habe, lässt sich das Schloss leicht und geschmeidig öffnen. Ich beginne sofort mit der Sisyphus-Arbeit: Blatt für Blatt und mit spitzen Fingern gleiten die Jahre und die Jahreszeiten an mir vorbei: Osterprospekte, Bikinis und Badehosen, Halloween, Weihnachten. Wie in einem Zeitraffer sehe ich die Mode der vergangenen Jahre an mir vorbei ziehen: Enge Hosen, weite Hosen, ganz kurze, sieben Achtel. Die Farben der Modejahre wechseln wie in einem Kaleidoskop.

Irgendwann kommen auch richtige Briefe. Solche mit Briefmarken oder freigestempelt. Die hebe ich auf, wer weiß, was darin noch für Geheimnisse schlummern.

Nach und nach kann ich die Tür Zentimeter für Zentimeter weiter aufdrücken. Das beschleunigt die Arbeit enorm. Nach nicht einmal zwei Stunden bin ich fertig. Mir ist klargeworden, dass der Papierberg im Windfang exakt bis kurz über den Briefschlitz gereicht hat. Dann konnte man nichts mehr hineindrücken. Jeder neue Brief- oder Zeitungszusteller wird es anfangs ein- zweimal versucht haben, um dann die Adresse zu vergessen und den Weg nach ganz hinten aufzugeben.

Ich bringe die Säcke zum Auto. Die Bewegung tut mir gut. Nach fast zwei Stunden auf der kalten Schwelle ohne richtige Bewegung fühlen sich einige Körperteile ramponiert an, andere fühle ich gar nicht mehr.

Leider hat auch der Regen immer mehr zugenommen, so dass meine Jacke und meine Hose schon einigermaßen durchnäßt sind.

Aber jetzt aufhören geht auf keinen Fall!

Ich recke und strecke mich im Trockenen unter dem Fahrradstand und hole ein paarmal tief Luft. Wenn ich früher Einkaufen ging, habe ich mir ziemlich genau an dieser Stelle jedesmal eine Zigarette gedreht. Wenn ich die nötigen Utensilien dabei hätte, Tabak, Blättchen, Feuerzeug, wüsste ich, was ich jetzt täte.

Warum stellt sich mir gerade jetzt die Frage, ob es den alten Kiosk, keine fünfhundert Meter von hier entfernt, wohl noch gibt?

Ich verwerfe das Vorhaben, beziehungsweise verschiebe es auf einen späteren Termin. Jetzt gibt es Wichtigeres zu tun.

Die Haustür ist nur angelehnt, so dass ich mühelos in den jetzt freigeräumten Windfang eintreten kann. Ich schließe die Tür hinter mir und öffne die Tür zur Wohnung. Unmittelbar hinter dieser Tür lag früher ein fensterloser Flur. Es ist stockdunkel und es riecht furchtbar nach Kloake. Sicherheitshalber klingele ich noch einmal Dauerton und rufe – so wie sie es im Film immer tun: „Hallo, ist da jemand?". Ich frage mich immer, wie reagiert man, wenn jemand mit „Nein!" antwortet?

Mir ist aber klar, dass hier niemand ist. Ich weiss noch, wo der Lichtschalter ist. Das vergisst man wahrscheinlich nicht, wenn man dutzende Male betrunken nach Hause gekommen ist. Und tatsächlich: Das Licht funktioniert. Zunächst bin ich geblendet und muss die Augen kurz schließen. Dann öffne ich sie langsam.

Und glaube nicht, was ich sehe. Mir wird ein bisschen schwindelig und ich muss mich einen Moment am Türpfosten festhalten.

Alles ist genau wie früher!

Die Garderobe, die nach Birke aussehen soll, in Wahrheit aber aus Spanplatte mit Plastikoberfläche besteht. Der Spiegel ist halb blind, vielleicht aber auch nur schmutzig. Großgemusterte Tapete, vier selbst fotografierte Schwarzweißbilder in Wechselrahmen. Motive irgendwo aus dem Oldenburger Hafen, als es den noch gab, mit Kränen, Lagerhallen und Arbeitern, wie es sie heute auch nicht mehr gibt.

Mein Vater war auch so einer.

Ich weiß noch, wie ich die Bilder selbst entwickelt habe. Für das Badezimmerfenster hatte ich eine Spanplatte zugesägt, die millimetergenau passte und mit schwarzem Isolierband abgedichtet wurde. So entstand eine perfekte Dunkelkammer. Die Ausstattung – Vergrößerungsgerät, Schalen, Pinzetten und Rotlicht – hatte ich für kleines Geld gebraucht auf einem Flohmarkt erstanden.

Ein spannender Moment, wenn man das belichtete Fotopapier in die Entwicklerflüssigkeit taucht und nach und nach das Bild entsteht. Ein schönes Hobby.

Überall sind Spinngewebe, tote Fliegen und eine millimeterdicke Staubschicht.

Am schlimmsten ist aber der Gestank. Werner würde gesagt haben: „Wenn ich immer einen solchen Gestank um mich haben wollte, wäre ich Abschmecker im Klärwerk geworden".

Ich gehe nach links in die Küche. Die Schiebetür bewegt sich nur sehr schwerfällig; der Geruch wird noch brennender. Ich halte mir die Nase zu und suche in einem der Schränke nach einem Gefäß. Das erste, was mir in die Hand fällt, ist eine emaillierte Stielkasserolle mit mehreren abgeplatzten Stellen.

Hoffentlich läuft das Wasser. Ich öffne den Kaltwasser-Hahn am Elektroboiler. Zuerst gibt es nur ein gurgelndes, dann ein zischendes Geräusch und dann schießt tatsächlich Wasser aus dem gebogenen Rohr. Zuerst braunes, aber schon nach wenigen Sekunden wird es immer klarer, bis es so wie bei uns zu Hause aussieht. Ich lasse das Wasser eine Weile in den Ausguss laufen, damit sich der mit den Jahrzehnten ausgetrocknete Siphon mit Wasser füllt und die direkte Geruchs-Verbindung zur Kanalisation wieder unterbricht, wie es seine einzige Aufgabe ist.

Auch die Küche ist so, wie ich sie damals vor dem Skiurlaub verlassen habe – nur schmutziger. Auf der schmalen Fensterbank vor den Glasbausteinen stehen noch acht Dosen mit aromatisiertem Tee. War damals so Mode: Vanille, Brombeere, Apfel. Ich versuche, die Dose mit der Aufschrift „Black Current" zu öffnen. Warum es nicht „schwarze Johannisbeere" heißen durfte, ist mir bis heute ein Rätsel. Es gelingt mir nur sehr schwer und ich drücke sie auch gleich wieder zu. Eine neue Sorte Gestank entsteigt ihr – eher süßlich – und ich kann nur kurz sehen, dass der Schimmel sich bis an die Deckelunterseite vorgearbeitet hat.

Ich nehme die Kasserolle auf meinem weiteren Weg durch die Wohnung mit, um der Kloake an allen anderen Stellen auch den Zutritt zu meiner neu zurückgewonnen Wohnung zu verwehren.

Das Wohnzimmer ist in fahles gelbes Licht getaucht. Die einfach verglasten Fenster sind mit dicker Plastikfolie überspannt, die mit Heftzwecken am Fensterrahmen befestigt ist – beziehungsweise war. Das, was früher dazu gedacht war, aus einfachsten Gläsern Hilfs-Thermopane-Fenster zu machen, hängt jetzt rechts und links in Fetzen herunter.

Der dahinter liegende Garten, der Himmel und das Umfeld lassen sich bestenfalls erraten. Die Fenster sind auf ihrem Weg zum Milchglas schon weit gekommen.

Alles wie früher: Die Sperrmüll-Stollen-Schrankwand und die Polstersessel, die mit ihrem Rauch-Odeur im Moment noch nicht gegen die Kloake mithalten können.

Gleich rechts steht das Tonbandgerät. Kennt man heute bestenfalls noch aus dem Museum.

Wenn man früher gerne eigene Musikkonserven besitzen wollte, sich aber die teuren Schallplatten nicht leisten konnte, tat einem dieses Gerät gute Dienste: Man schloss es an ein Radio an – „Diodenkabel" war das Zauberwort – und wartete relevante Radiosendungen ab, um dann die Lieblingssongs „mitzuschneiden". Die Ergebnisse waren oft mehr als bescheiden: Entweder fehlte vorne etwas oder hinten. Oder der Moderator, der Verkehrsservice oder der Wetterdienst quatschten einem mitten hinein.

Auf dem aktuellen Band liegen mindestens zwölf tote Asseln und etwa doppelt so viele Fliegen und Mücken.

Und auch hier überall Spingewebe und der beißende Geruch, der jetzt aber nur noch aus Richtung Badezimmer kommt.

Also: Nase zu und ab ins Badezimmer. Als Erstes den Wasserhahn auf und laufenlassen, dann die mitgebrachte Kasserolle füllen und den Ablauf im Fußboden wieder gegen die Kanalisation verschließen. Jetzt nur noch die Badewanne. Alles klappt.

Der Badewanne gönne ich einen nostalgischen Blick. Die braunen Stellen auf dem Rand zeugen von dort abgelegten und dann vergessenen Zigaretten. Ich konnte mir früher nichts Schöneres vorstellen, als mit einem großen Glas Rotwein, drei vorgedrehten Zigaretten und Kopfhörern auf den Ohren in die heiße Badewanne zu steigen. Das Tonbandgerät schaffte über eine Stunde Musik im Stück, was bedeutete, dass ich mehrfach heißes Wasser nachlaufen lassen musste. Oft bin ich eingeschlafen und habe die brennende Zigarette auf dem Rand liegenlassen.

Der Geruch wird weniger. Jetzt noch kräftig durchlüften, dann dürfte das Problem beseitigt sein.

Die Terrassentür lässt sich nicht öffnen, sie bewegt sich keinen Millimeter. Sie hat – glaube ich – früher schon geklemmt.

Ich traue mich nicht, mich – wie im Tatort – mit Schwung mit der Schulter dagegen zu werfen. Ich fürchte, die Gefahr ist groß, dass ich dabei die Einfachverglasung in Nullfachverglasung verwandele. Also setzte ich mich auf den Boden, mit dem Rücken an das

Sofa gepresst und stemme beide Beine gegen den unteren Holzteil der Tür. Zuerst nur kräftig drücken, dann ruckeln und vorsichtig hämmernd zutreten. Millimeter für Millimeter bewegt sie sich. Unten kann ich schon das Licht von draußen sehen. Ich stehe auf und werfe mich oben – höchstens mit halber Tatort-Kraft – gegen das Fensterkreuz. Die Tür fliegt auf, ich strauchele in den Garten und stolpere über die Fernsehantenne, die dort auf dem Boden liegt. Ich wäre der Länge nach hingeschlagen, wenn mich nicht das dichte Strauchwerk und Gebüsch aufgefangen hätte, das sich mittlerweile gut die Hälfte der Terrasse erobert hat.

Ach ja, daran hätte ich denken können: Die Antenne liegt dort, weil das die einzige Stelle war, an der man einen halbwegs guten Empfang hatte. Ich habe damals alles ausprobiert: Mit langen Stangen, Aufhängevorrichtungen – nichts. Nur dort auf dem Boden empfing sie so viel, dass ich – zwar immer noch verschneit – fernsehen konnte.

Meine Vermieterin, Frau Lebedow, behauptete, dass der Fernsehempfang in der ganzen Straße erst so schlecht geworden sei, als eine große Krankenkasse in einer der benachbarten Straßen ihren Stahlbeton-Neubau hinsetzte. „Der fängt alle Fernsehwellen ab!" wusste Frau Alma Lebedow.

Heute ist das egal. Es gibt auch auf der anderen Seite der Krankenkasse kein Analogsignal mehr, dass man mit der Antenne empfangen könnte, in der gerade mein Fuß eingeklemmt ist.

Mit ein wenig Drehen und Zerren komme ich wieder frei und probiere sofort den alten Schwarzweißfernseher im Wohnzimmer aus. In der Tat: Nichts, nur Schnee.

Die frische Luft, die aus dem Garten ins Wohnzimmer dringt, tut der ganzen Wohnung gut.

Das Radio – Modell „Oslo" von Neckermann – tut sofort seinen Dienst. Selbst das geheimnisvoll grün leuchtende „magische Auge" funktioniert einwandfrei. Es stellte früher eine optische Hilfe dar, um die Sender möglichst genau einstellen zu können.

Mindestens den halben Boden des kleinen Wohnzimmers bedeckt ein Flokati. Das ist ein weißer, langfloriger Hirtenteppich. Langflorig ist er immer noch, Hirtenteppich wohl auch. Aber kein bisschen weiß.

Das Schlafzimmer bietet mir nichts Neues mehr: Tote Insekten, Asseln, Maden, Spinngewebe und Staub wohin man sieht. Das Bett ist ungemacht – es musste damals wohl schnell gehen. Seine Abmessungen mussten seinerzeit den Vorgaben durch den klitzekleinen Raum gehorchen: Neunzig mal einsneunzig. Meine erste Freundin befand damals: „Was das Bett an Breite zu wenig hat, fehlt ihm in der Länge".

Es ist inzwischen fast sieben. Verena kommt bestimmt bald nach Hause.

Egal, ich setze mich noch einen Augenblick auf die kleine Bank auf der Terrasse. Sie ist schmutzig und ich bin mir nicht sicher, ob sie nicht gleich zusammenbricht. Aber auch das ist mir egal. Die Eindrücke des heutigen Tages haben mich schier überwältigt. Wie kann so etwas sein? Was ist damals genau passiert?

Hinzu kommt ein gewisser Stolz und auch Freude, dass ich jetzt über einen so schönen und versteckten Fluchtpunkt verfüge, wann immer ich ihn brauche.

* * *

Gut eine dreiviertel Stunde später sitze ich im Auto und fahre zurück zum Diamantsee.

Die blauen Säcke lasse ich im Auto, die werde ich nachher, wenn Verena im Bett ist, hinters Haus tragen, da kommt sie eigentlich nie hin.

Sie ist schon über eine halbe Stunde zu Hause und – geschätzt – seit zwanzig Minuten am Schmollen.

„Wo kommst Du denn jetzt noch her?"

Jetzt gilt es aufzupassen. Wenn ich irgendwie Verdacht errege, habe ich verloren. Gnadenlos wird sie mich ins Kreuzverhör nehmen und alle noch so kleinen Unregelmäßigkeiten und Widersprüche erbarmungslos aufdecken. Ich habe nur eine einzige Chance:

„Belanglos, ich hatte dienstlich noch etwas zu erledigen. Aber, viel wichtiger: Ich bin ja so gespannt, wie es bei Dir und Klaus-Dieter gelaufen ist. Habe oft an euch gedacht".

Stimmt nicht ganz – geht aber auf. Der argwöhnische Blick bleibt noch sekundenlang auf ihrem Gesicht. Dann hellt es sich auf Schlag auf und sie sprudelt los.

Diesmal fällt es mir noch schwerer, die „Mmhs" und „Mhmh" richtig zu platzieren. Die heutigen Erlebnisse fordern einen Großteil meiner Aufmerksamkeit, aber ich komme bis auf wenige Stellen durch. Nur einmal passiert mir ein: Sie: „Ehrlich, das findest Du gut?", ich: „nein, natürlich nicht, war nur Quatsch".

Die vorläufige Entsorgung der Papiersäcke geht problemlos. Verena ist todmüde und geht tatsächlich früh ins Bett.

Ich habe das Auto noch mit der Taschenlampe nach Papierschnitzeln und sonstigem verdächtigen Material abgesucht, so dass sie es morgen wie immer für die Fahr zur Arbeit nutzen kann.

* * *

Am nächsten Morgen verlässt sie das Haus wie immer als erste.

Ich konnte am Abend nicht einschlafen. Immer und immer wieder gingen mir die vielen offenen Fragezeichen durch den Kopf. Ich habe mir vorgenommen, heute in ihrem Arbeitszimmer nach Belegen für die Weizmannstraße zu suchen.

Das kann ich nur tun, wenn sie verlässlich außer Haus ist, denn ihr Zimmer ist für mich absolut tabu. Warum das so ist, weiß ich nicht, vielleicht befürchtet sie, dass ich alles durcheinander bringe. Dafür weiß ich, wo der Schlüssel ist: In ihrer Schminktasche im Badezimmer. Ich habe einmal von der Dusche aus im Spiegel gesehen, wie sie ihn dort hinein tat.

Im Dienst melde ich mich wegen angeblicher Halsschmerzen telefonisch ab. Das ist eigentlich nicht meine Art, aber in diesem Jahr war ich noch nicht einen einzigen Tag krank. Außerdem liegt im Moment ohnehin nicht besonders viel an.

Um sicher zu gehen, das sie nicht jeden Moment zurückkommt, rufe ich sie eine gute halbe Stunde nachdem sie weg ist auf Festnetz in ihrer Firma an. Sie ist da, und ich frage, ob ich auf dem Heimweg Mineralwasser und Toastbrot mitbringen soll oder ob sie das auf ihrem Tagesplan habe.

Dann hole ich den Schlüssel aus dem Versteck und begebe mich in den verbotenen Raum.

Arbeitszimmer ist das richtige Wort für das Zimmer, das ich betrete: Schreibtisch, MacBook, Ablagekörbe und viele, viele Ordner. Die beruhigen mich, denn ich hatte schon befürchtet, dass ich meine Suche gegebenenfalls auf den Dachboden ausweiten müsste, falls ich hier nicht fündig würde.

Nur eins ist sicher: Verena wirft nichts weg! Zumindest nichts, für das sie nicht noch irgendeine Theorie entwerfen könnte, dass irgendwann noch einmal jemand danach fragt. Zum Beispiel das Finanzamt oder die Staatsanwaltschaft oder ihre Eltern.

Die Ordner sind ausnahmslos gut beschriftet. Es dauert einen Moment, bis ich die Systematik erkenne. Dann finde ich die Abteilung „Banken und Versicherungen" und gehe die Jahrgänge langsam zurück bis in die Achtziger.

Ich weiß noch, dass Verena mich kurz nachdem wir uns kennengelernt haben, gebeten hat, ihr eine Vollmacht zu unterschreiben. Sie wollte alle Geldgeschäfte – auch meine – bei ihrer Hausbank bündeln. Sagenhafte Konditionen gäbe es dort – sogar richtige Zinsen auf Girokonten. Und das Ganze wäre bei einer Diplom-Ökonomin sicherlich besser aufgehoben, als bei einem Psychologen.

Ihre Hausbank hat die komplette Abwicklung mit der Sparkasse übernommen, bei der ich seinerzeit noch Kunde war. Alle regelmäßigen Zahlungen wurden in Lastschriften umgewandelt, so dass wir so wenig wie möglich Aufwand mit Geldgeschäften hatten.

„Wir haben nur ein Leben – und das ist zu schade, um es fürs Rechnungen bezahlen zu verschwenden", war Verenas Mantra.

Die Ordner gehen tatsächlich zurück bis zu dem Tag, an dem wir beschlossen haben, zusammenzuziehen.

Es kostet ein wenig Zeit, aber dann wird klar: Für die Wohnung in der Weizmannstraße ist dreißig Jahre lang Miete, Strom, Gas und Wasser gezahlt worden. Alle paar Jahre erhöhen sich die Werte. Der Betreff bei den Mietzahlungen lautet WGMIETELEBED. Für das fehlende OW war wohl früher kein Platz mehr auf den Lastschrift-Formularen.

Unvorstellbar, dass man so etwas dreißig Jahre lang übersehen kann; aber mir wird schnell klar, dass die

Zahlen im großen Rein- und Raus der Zahlungsein- und -ausgänge für die Wohnung in Arosa untergegangen sind.

In der Regel ist bei den Schweizer Beträgen das Komma auch mindestens eine Stelle weiter rechts, was die Weizmannstraßen-Zahlungen unbedeutend macht. Werner würde gesagt haben: „Die sind Killefit".

Kapitel 7   Reinigung und Renovierung

Jetzt ist es entschieden: Ich werde meine alte Wohnung behalten und es soll ein Geheimnis bleiben. In den letzten Tagen und Wochen bin ich ständig hin- und hergeschwankt: Sag ich Verena etwas oder nicht? Ich habe ihr früher alles erzählt und jetzt soll ich derart bewegende Dinge für mich behalten? Oft genug war ich kurz davor, mich zu verplappern. Ich bin insgesamt kein besonders guter „Geheimhalter" und finde es eigentlich schön, Ereignisse und Erlebnisse mit jemandem zu teilen.

In diesem Fall aber nicht. Ein Geheimversteck für schöne oder schwere Zeiten ist weder geheim noch ein Versteck, wenn jeder davon weiß.

Ich habe mir vorgenommen, die Wohnung zunächst gründlich zu reinigen. Von vorne bis hinten. Picobello!

Und dann werde ich sie renovieren. Liebevoll und so originalgetreu wie nur irgend möglich.

Aber wenn ich das alles schaffen und anschließend etwas von der Wohnung haben will, brauche ich dafür Zeit, die ich im Moment nicht habe.

Mir kommt eine Idee: Ich bin Mitte/Ende fünfzig und muss irgendwann anfangen, über das Ausscheiden aus dem Berufsleben nachzudenken. Da wäre eine Stundenreduzierung ein guter erster Schritt.

Ich rufe meinen Mitgesellschafter und Partner Diego an und wir verabreden uns zum Mittagessen in einer nahe gelegenen Kantine.

Als die leergegessenen Teller vor uns stehen und der Nachtisch auf unsere Zuwendung wartet, trage ich Diego meine Pläne vor:

„Ich fürchte mich vor dem abrupten Ende in fünf, sechs Jahren. Viele in meinem Bekanntenkreis sind kurz nach der Berentung krank geworden; einige sogar gestorben. Von hundert auf null ist wahrscheinlich für den Organismus nicht gut. Deshalb würde ich meine Arbeitszeit am liebsten sofort um die Hälfte reduzieren. Natürlich nur, wenn es mit dem Geschäft vereinbar ist".

Er reagiert viel positiver, als ich befürchtet habe. Auch er findet, dass wir uns – wir sind beide etwa gleich alt – frühzeitig Gedanken über einen gestaffelten Ausstieg machen sollten.

Da er im Moment noch das volle Gehalt benötigt – er ist spät Vater geworden und hat noch entsprechend kleine Kinder – kann er seine Wochenstunden im Moment noch nicht reduzieren. Aber wenn ich, wie vorgeschlagen, auf eine halbe Stelle ginge, hätten wir die Möglichkeit, einen unserer jungen, aufstrebenden Mitarbeiter schon jetzt in die Führung aufzunehmen. So könnten wir nach und nach unsere Ablösung organisieren und hätten ein gutes Gefühl, was die Fortführung unseres Unternehmens betrifft.

Dafür geeignete Mitarbeiter hätten wir. Der ein oder andere schart schon seit einer Weile mit den Hufen.

So haben wir es vereinbart: Ab sofort arbeite ich nur noch zwanzig Stunden in der Woche, die ich auf drei Werktage verteile.

In mir jubiliert es: Zwei volle Werktage pro Woche zum Renovieren und das Leben genießen!

Verena informiere ich am Abend bei einem Glas Rotwein im Wintergarten.

Sie ist skeptisch: „Was willst Du denn mit der gewonnenen Zeit anfangen? Du bist doch noch gar nicht so alt und hast überhaupt keine Hobbys. Und dein Job hat dir doch immer Spaß gemacht."

„Wie Du schon sagst, bin ich noch relativ jung, kann also noch neue Dinge dazulernen.

Vielleicht fange ich an zu malen oder ich erlerne ein Instrument. Früher habe ich viel gesungen, ich könnte in einen Chor eintreten oder fotografieren oder, oder, oder.

Und außerdem: Ich höre ja nicht ganz auf zu arbeiten. Du musst auch den Vorteil sehen, dass wir jungen Menschen in unserer Firma die Chance geben, aufzusteigen.

Klaus-Dieter und Du predigt doch immer die ‚work-life-balance'. Jetzt kannst Du sie einmal im nächsten Umfeld miterleben".

Damit stand dem Projekt nichts mehr im Wege.

Vor den handwerklichen Herausforderungen habe ich allerdings durchaus Respekt.

Es ist aber nicht so, dass ich nicht über ein gewisses handwerkliches Geschick verfüge. Es wurde nur in den letzten Jahren, ja Jahrzehnten nicht gefordert.

Als kleiner Junge war ich ein reines „Vaterkind".

Im Winter, wenn mein Vater arbeitslos war oder Schlechtwettergeld bezog, verdiente er sich häufig schwarz etwas dazu. Ich weiß, dass er als Treiber bei Jagden aushalf und anschließend mit toten Hasen oder Fasanen nach Hause kam.

Oder sie mussten Bäume fällen, die Borke entfernen und dann die Stämme an irgendeinen Waldweg befördern. Er war sich für nichts zu schade, wenn es darum ging, das knappe häusliche Budget etwas aufzubessern.

Morgens, wenn er loszog, waren vier Dinge besonders wichtig: Erstens: Ganz viel Zeitungspapier in die Gummistiefel, damit die Füße halbwegs warm blieben. Das hatte er wohl in russischer Gefangenschaft gelernt.

Zweitens eine Aluminiumflasche mit kaltem, schwarzen Tee. Wohl als Aufputschmittel für den langen Tag.

Drittens einen Aluminiumtopf mit Essen darin. In der Regel wird es sich um Eintopf gehandelt haben. Gleich nachdem man am Einsatzort angekommen war, suchte man sich eine Möglichkeit, mittags das Essen aufgewärmt zu bekommen. Da wurden freundliche Anwohner – in der Regel die Frauen – gefragt, ob sie die Töpfe aller Arbeiter um halb zwölf in heißes Wasser stellen würden und Bescheid sagen, wenn sie wieder abgeholt werden könnten. Zur Not – wenn es keine Anwohner gab oder zumindest keine freundlichen – konnte auch ein kleines, bescheidenes Feuer diesen Zweck erfüllen.

Das Vierte waren zwei Schachteln „Gold Dollar" ohne Filter. Damals noch zwölf Stück für eine Mark.

Wenn er abends nach Hause kam – ich wartete mindestens schon eine Stunde vorher sehnsüchtig darauf – setzte er sich, bevor er sich wusch und umzog in einen alten Korbstuhl und ich durfte auf seinem Schoß sitzen. Wie durch Zufall war immer ein kleiner Rest in seinem Essenstopf geblieben und ebenfalls in der Aluminiumflasche. Der Hochgenuss lässt sich kaum beschreiben, mit dem ich diese Delikatessen verschlang.

Was Liebe zum Vater nicht alles bewirken kann: Auf dem Schoß eines nach Schweiß und Rauch riechenden Mannes zu sitzen, kalten, mindestens einmal aufgewärmten Eintopf zu essen und kalten Schwarztee zu trinken, der seit mehr als zehn Stunden in einer Aluminiumflasche hin- und hergeschüttelt wurde und das hinreißend schön zu finden. So schön, dass es sich über mehr als fünfzig Jahre bis heute in meinem Gedächtnis als großartig und einmalig festgesetzt hat.

Wenn mein Vater zu Hause war, ließ ich keine Gelegenheit aus, ihm zur Hand zu gehen. Bei Reparaturarbeiten reichte ich ihm die Nägel an. Er bat mich, das richtige Werkzeug für den nächsten Handgriff auszuwählen und er ließ mich auch alleine machen. Mit aller Geduld der Welt sah er mit an, wie ich -zig Nägel krumm schlug, mit dem Zollstock durcheinander kam und ihn häufig genug abbrach. „Jetzt hast Du schon dreimal abgesägt und es ist immer noch zu kurz". Oder wenn ich zu früh die noch heiße Lötstelle anfasste und dabei den Draht oder das Kabel wieder abbrach, das eigentlich befestigt werden sollte. Er pustete dann auf meine Brandblase und sagte: „manchmal geht Lernen leider nur so."

Mit den Jahren lernte ich vom Reifen flicken bis zum Tapezieren alles, was man als „richtiger Mann" können musste.

Hausputz war Mutters Angelegenheit und interessierte mich nicht.

Das wird jetzt anders.

Gleich in meiner ersten Teilzeitwoche fange ich damit an.

Ich warte, bis Verena sich ins Büro verabschiedet hat und fahre mit meinem neu erworbenen Auto nach Oldenburg.

Der Autokauf stellte kein Problem dar. Verena willigte sofort ein, als ich ihr erklärte, dass ich für meine neu zu entfaltenden Aktivitäten mobil sein müsse.

Es ist zwar nur ein Kleinwagen, aber alle Reinigungsutensilien, die ich in einem Supermarkt auf halbem Wege erstehe, passen locker hinein.

Alles, wirklich alles, was mir einfiel, habe ich mitgenommen: Glasreiniger, Kalkentferner, Teppichschaum, WC-Ente, Spül- und Waschmittel und etliche weitere Haushaltsprodukte, die ich bis heute noch niemals gehört oder gesehen habe.

Dann die Verpflegung für den Tag. Da ich noch nicht sicher bin, ob der Herd funktioniert und ich die alten Töpfe wirklich noch verwenden möchte, beschränke ich mich vorerst auf Brötchen, Butter und zwei Sorten Aufschnitt.

Und dann geht es los.

Wie es so meine etwas zwanghafte Art ist, fange ich in der Wohnung hinten links an und arbeite mich dann stoisch Zentimeter für Zentimeter durch die Wohnung. Immer im Wechsel zwischen Zahnbürste, Lappen, Spachtel, Aufnehmer, Kleinwerkzeug und Staubsauger.

Nach fünf freien Werktagen bin ich damit fertig und feiere das mit einer Flasche Bier und einer selbstgedrehten Zigarette.

Der nächste Schritt ist Renovieren, Reparieren und Ersetzen.

Dafür benötige ich mehr Zeit im Stück.

Glücklicherweise ergibt es sich, dass Verena mich eines morgens informiert, dass sie – damit meint sie ihr Unternehmen – einen „ganz dicken Fisch" an Land gezogen hätten und Klaus-Dieter, ein neuer Mitarbeiter und sie in Kürze für vier Wochen – in Worten „vier Wochen" – nach Lugano in der Schweiz müssten. „Intensiv-Coaching für Manager eines maroden Großkonzerns". Unterbringung im ersten Haus am Platz.

Am gleichen Tag beantrage ich bei Diego für exakt den gleichen Zeitraum Urlaub.

* * *

Es geht gut voran mit der Arbeit. Verena ist seit drei Wochen in der Schweiz.

Ich habe als erstes die Matratze und die Bettwäsche entsorgt und neue gekauft, so dass ich schon nach vier Tagen nachts in der Wohnung bleiben konnte.

Mittlerweile wohne ich ganz hier.

Die Tapeten sind liebevoll und behutsam repariert (das herrliche Großmuster braun auf orange gibt es nicht mal mehr antiquarisch). Die Teppichfliesen sind neu verlegt, so dass keine sichtbaren Fugen mehr vorhanden sind. Die hatte seinerzeit Werner zu verantworten und er erklärte: „schließlich muss der Estrich atmen können."

Ersetzt werden musste lediglich die Waschmaschine; sie gab überhaupt keinen Laut mehr von sich und das Tonbandgerät. Es gab auch keinen Laut von sich und roch nach dem Einschalten brenzlig.

Die dreißig Jahre alte Kleidung hatte ich schon komplett in Säcke für die Diakonie gestopft, als ich es mir anders überlegte. Ich habe alles anprobiert und nur das in den Sack zurück befördert, was kaputt war oder absolut nicht mehr passte.

Zum Beispiel die Latzhose, die auf Feiern so unheimlich praktisch war. Man konnte den Bierbecher oben in die breite Brusttasche stellen, wenn man sich eine Zigarette drehen wollte.

Alles andere habe ich behalten und zunächst in die neue Waschmaschine getan.

Erstens, habe ich mir gesagt, ist das Gesamtensemble noch stimmiger, wenn ich die passende Kleidung dazu trage.

Und zweitens ist ja nicht vorgesehen, dass mich jemand darin sieht.

Einen neuen Fernseher habe ich mir nicht besorgt, nur den alten verschrottet. Ich will meine neu gewonnene Freiheit nicht mit Fernsehen verplempern.

Dafür dudelt das Radio fast den ganzen Tag, ohne dass ich intensiv hinhöre.

Nach einer Weile gewinne ich den Eindruck, dass in dem alten Radio auch nur alte Musik aus den 70ern und 80ern gespielt wird. Als könne es nichts anderes. Jugendliche Zuhörer werden sie damit sicherlich nicht anlocken.

Auch die ewigen historischen Nachrichten von vor fünfzig Jahren oder so gehen mir auf die Nerven. Hin und wieder ist so etwas ja ganz schön, aber ständig?

* * *

Ich kann meinen Autoschlüssel nicht finden und auch mein Handy ist verschwunden. Vermutlich liegen beide irgendwo einträchtig nebeneinander. Noch brauche ich beide nicht, aber meine Zeit neigt sich so langsam dem Ende zu.

Heute Nachmittag wollte ich einmal zu meinem Auto gehen, um sicherzustellen, dass ich den Schlüssel nicht habe steckenlassen. Was natürlich Unfug ist – ich habe den Schlüssel noch nie steckenlassen.

Was viel bemerkenswerter war: Ich habe das Auto nicht gefunden. Es gibt mittlerweile fast zehn unterschiedliche Stellen, an denen ich den Wagen je nach Verfügbarkeit parke. Mehr oder weniger weit entfernt. Das letzte Mal Auto abstellen liegt auch schon über eine Woche zurück und ich bin mir nicht sicher, wo ich es hingestellt habe.

Ich habe die Straßen abgesucht, hatte aber kein Glück. Möglicherweise ist es auch von der Stadtverwaltung abgeschleppt worden, weil es – mal wieder – nicht ordnungsgemäß abgestellt war.

Anscheinend findet in den nächsten Tagen in Oldenburg so etwas wie eine Oldtimer-Rallye statt: Rechts und links an den Straßen nur noch Oldtimer. Ein Hobby, das scheinbar enorm um sich greift. Und keiner hat noch das „H" für „historisch" auf dem Nummernschild. Ich habe gehört, das gilt als unchic.

Merkwürdiges Erlebnis. Ich war Gips holen für ein letztes Loch in der Schlafzimmerwand. Der Verkäufer wollte zwei Mark fünfzig dafür haben. Inzwischen ein wirklich seltener Versprecher. Ich gab ihm einen Zehner und er gab das Wechselgeld heraus, das ich nicht großartig nachzählte.

Erst zu Hause stellte ich fest, dass ich genau sieben Mark und fünfzig Pfennig im Portemonnaie hatte.

Teil 2

Kapitel 8   Pia

Es klingelt an der Haustür – zum allerersten Mal, seit ich wieder hier wohne.

Es kann nur jemand sein, der zufällig vorbei kommt. Vertreter vielleicht oder Zeugen Jehovas oder jemand, der nach dem Weg fragen will oder für irgend etwas sammelt. Freunde und Bekannte werden ja in den letzten dreißig Jahren irgendwann aufgehört haben, spontan vorbeizukommen.

Ich schaue mich noch einmal schnell in der Wohnung um. Alles tipptopp! Genau wie früher – aber schöner und ordentlicher. Nur die Fenster sind noch die alten, einfach verglasten. Falls ich den neuen Vermieter jemals kennenlernen sollte, werde ich mit ihm aushandeln, dass ich neue Fenster brauche und zur Not auch bereit bin, einen Betrag dazu zu bezahlen.

Dabei fällt mir ein, dass ich Anfang der Woche das Gefühl hatte, Frau Alma Lebedow in der Stadt gesehen zu haben. Leider nur von hinten und fast ganz am Ende der Straße. Der gleiche schleppende Gang von früher, das schlohweiße Haar hochgesteckt und sogar der hellbeige Kamelhaarmantel von damals.

Optische Täuschung - aber offenbar stirbt dieser Typ Frau nicht aus.

Es klingelt erneut – diesmal länger und drängelnder.

Trotzdem schau ich mich noch einmal schnell im Flurspiegel an, der wieder wie neu und nicht erblindet seine Aufgabe erfüllt. Eigentlich habe ich mich gar nicht so stark verändert seit damals.

Das ist bei Menschen ja ganz unterschiedlich. Manche sehen ihr Leben lang fast gleich aus und man erkennt sie sofort wieder, auch wenn man sie sehr lange nicht gesehen hat. Andere verändern sich so schnell und so stark, dass schon der Dreißigjährige kaum noch Ähnlichkeit mit dem Zwölfjährigen hat. Eigentlich gehörte ich immer zu dem zweiten Typen, aber das scheint sich geändert zu haben.

Jetzt wird zusätzlich zum Klingeln an die Haustür geklopft.

Ich öffne die Tür.

Draußen steht ein junges Mädchen, vielleicht siebzehn oder achtzehn. Hübsches Gesicht mit strahlend blauen Augen und mittellangen, glatten blonden Haaren. Sie trägt ein – vermutlich selbstgemachtes – Batik-Shirt in Grün- und Blautönen, Jeans und Turnschuhe. Den Riemen der wahrscheinlich ebenfalls selbstgenähten Umhängetasche aus Sackleinen trägt sie quer über der Brust. Offensichtlich trägt sie keinen BH. Mindestens so offensichtlich benötigt sie auch keinen.

Das Bemerkenswerteste aber sind ihre Augen. Ein Blau, das ich noch niemals gesehen habe. Eine Freundin von mir hat einmal gesagt: „Bei manchen Menschen sieht man, wenn man ihnen in die Augen schaut, dass nicht nur Licht an ist, sondern dass auch jemand zu Hause ist."

Das ist hier ausgesprochen der Fall!

Sie sagt: „Hi", und sieht mich lächelnd an. Irgendwie kommt sie mir bekannt vor. Aber nicht so, dass ich darauf kommen könnte, woher.

„Äh ..... ja, auch hi ..... was liegt an?"

„Rate mal, wenn ich Dienstag 'ne Matheklausur schreibe und noch null Schnall von Strahlensatz und so habe".

„Nachhilfe?"

„Nee, Bibelstunde – war 'n Witz, komm schon".

Während ich noch verdutzt und erklärungssuchend vor mich hin starre, ist sie schon unter meinem Arm hindurchgetaucht und im Wohnzimmer verschwunden.

Als ich dazukomme, hat sie schon Bücher, Hefte, Taschenrechner und Stifte ausgepackt und auf dem Wohnzimmertisch verteilt.

Ich setze mich neben sie und muss ziemlich dämlich aus der Wäsche geschaut haben.

Sie: „Was ist mit dir? Mund zu! Ist Dir das Gesicht eingeschlafen?"

„Nee, nee, alles gut." Was sollte ich sonst auch sagen?

Auf einem Heft kann ich ihren Namen lesen: Pia. Schöner Name!.

Sie riecht gut. Wie heißt dieser Duft noch – irgend etwas von früher? Ja, ich weiß: Patchouli.

Es ist immer wieder erstaunlich, wie intensiv Erinnerungen mitunter an Düfte gebunden sind. Viel stärker als an optische oder akustische Reize.

Mit dem Patchouli-Duft steigen bei mir sofort Bilder aus den achtziger Jahren auf.

Besonders in der Zeit, als die Neue Deutsche Welle aufkam, gab es mehrere sehr heiße Sommer in Norddeutschland. Wir ließen Studium Studium sein und verbrachten ganze Tage am Schwanensee. Immer in Clique und immer nackt.

Irgendwo dudelte ständig ein Transistorradio „Da, da, da", „99 Luftballons" oder „Major Tom" und jeder kannte die dazugehörigen Interpreten. Kaum jemandem fiel auf, dass nach mehr als zwanzig Jahren, in denen es in den progressiven Jugendzimmern kein einziges gesungenes deutsches Wort gab, plötzlich nur noch deutsche Lieder auf den ersten Plätzen der Hitparaden lagen.

Eine Freundin von mir hatte gerade das erste Lehrjahr ihrer Verwaltungslehre bei der Stadt Oldenburg hinter sich und lag mit uns anderen nackt auf der Wolldecke am Schwanensee.

Plötzlich kommen ihr Ausbilder und ein weiterer Kollege an unserer Decke vorbei. Beide ordnungsgemäß in Badehose und mit Brustbehaarung. Peinlicher ging's nicht! Setzen sich auch noch zu uns und quatschen vom Dienst. Sensibilität scheint kein Hauptfach in der Verwaltungsausbildung zu sein.

„Hast Du gehört?" reißt Pia mich aus den Erinnerungen.

„Ja, …. klar. Äh …. sag bitte trotzdem noch einmal."

„Ich hab noch gar nicht erzählt, dass ich in der letzten Mathearbeit eine zwei plus hatte. Meinen Eltern habe ich sie nicht gezeigt."

„Toll! Herzlichen Glückwunsch! Warum das denn nicht?"

„Wer hat mir noch gleich Dreisatz beigebracht? Das warst doch Du. Also:

1) Wenn Mädchen schlau – nämlich zwei plus – dann keine Nachhilfe;

2) wenn Mädchen dumm – zum Beispiel vier minus – dann Nachhilfe und Eltern bezahlen;

3) wenn Mädchen gerne Nachhilfe – dann Mädchen lieber dumm.

Capito?"

„Ja, das ist nicht so schwierig" sage ich und denke „vielleicht aber auch doch."

Dann legen wir mit der Nachhilfe los. Mathematik.

Auf Umwegen finde ich heraus, dass wir „immer" eine volle Stunde machen.

Es zeigt sich schnell, dass Pia keine Nachhilfe benötigt. Sie hat eine super Auffassungsgabe und lernt schnell. Auch scheint ihr Mathematik durchaus zu liegen.

Was mir als wirklich furchtbar auffällt ist, wie runter-gekommen unser Bildungssystem inzwischen ist. Ihr Lehrbuch ist scheinbar so alt, dass in den Textaufgaben noch in D-Mark und mit elf Prozent Mehrwertsteuer gerechnet wird.

Armes Deutschland!

Zum Schluss legt sie mir plötzlich die Hand auf's Knie und sagt: „Heute kann ich leider nicht bleiben, meine Mutter möchte, dass ich ihr beim Marmeladekochen helfe - aber nächstes Mal bestimmt wieder."

Ich bin völlig perplex und mein Verstand will so etwas sagen wie: „Was nimmst Du dir heraus?".

Herz und Mund sagen aber: „Schade – ich hatte mich schon so gefreut."

Ich bringe sie noch zur Tür, sie haucht mir einen Kuss auf die Wange, dann ein letzter Blick aus diesen besonderen Augen.

„Tschüs"

„Tschüs, bis bald"

Ich sehe ihr nach, wie sie noch einmal kurz winkt und dann um die Ecke des Haupthauses verschwindet.

Sie kommt mir ungemein bekannt vor.

Ich stehe noch eine ganze Weile in der Tür und spüre ein chaotisches Kribbeln irgendwo zwischen Magen,

Herz und Solar Plexus, wie ich es schon lange nicht mehr erlebt habe.

Kapitel 9   Ausflug mit der roten Ente

Nach dem Ereignis mit der Türklingel, läutet jetzt ausnahmsweise einmal das Telefon. Es handelt sich um einen erbsensuppengrünen Apparat mit Wählscheibe. Der Hörer ist für unsere heutigen Verhältnisse ein riesengroßer Knochen, der mit einem Spiralkabel mit dem Hauptgerät verbunden ist. Erstaunlicherweise ist dieses Kabel immer und bei allen Menschen hoffnungslos verdreht und verknotet. Ich vermute, dass jeder Mensch ein anderes Abnehm- als Auflegeverhalten hat und dadurch das Kabel sich nach und nach verwickelt. Oder dass Menschen sich während des Telefonats irgendwie drehen, beziehungsweise den Hörer von der einen in die andere Hand wechseln und ihn dabei verdrehen. Insgesamt ist das Geheimnis des verknoteten Telefonkabels – soweit ich weiß – bis heute ungelöst.

Der Klingelton erinnert an Hitchcocks „Psycho". Das Telefon des schizophrenen Norman Bates klang sehr ähnlich.

Ich hebe ab und melde mich. Bin gespannt, wer dran ist, denn das Gleiche, was für die Haustür galt, gilt auch hier: Freunde und Bekannte werden irgendwann in den letzten Jahrzehnten aufgehört haben, mich auf dieser Nummer anzurufen.

Es ist Werner. Er ist also doch nicht tot, wie ich dachte. Seine Stimme klingt wie früher:

„Hallo, will gar nicht lange stören. Sollten wir nicht wieder einmal Hopfenkaltschale vernichten und dabei geistig hochwertige Themen durcharbeiten?"

Ich bin verdutzt: Kein Wort über die vergangene Zeit, keins darüber, wie es ihm ergangen ist, nichts, was man in dieser Situation üblicherweise erwartet hätte. So ist wohl einfach seine Art.

„Gerne, sehr gerne sogar! Wo und wann?"

„Tscha, ich würde mal sagen, Donnerstag so um acht – wie immer – und natürlich im Hinkebein, wo denn sonst?"

„Nee, ist schon gut. Ich dachte nur, das gibt es nicht mehr."

„Da müsste in den letzten Tagen ja schon was ganz Schlimmes passiert sein. Letzte Woche stand es noch und Pido war quietschlebendig."

„Alles klar, wer kommt noch?"

„Heinz natürlich, ich bring Petra mit, Du und Pia."

Er kennt Pia? Oder meint er eine andere?

Ich sage: „Alles klar, machen wir so. Aber bevor Du auflegst, hätte ich noch eine Bitte. Du kannst auch nein sagen."

Mir war eingefallen, dass Werner – zumindest früher – ein Auto hatte. Eine rote Ente. Und da ich nun schon seit fast zwei Wochen mein Auto nicht wiederfinde und mein Handy verschwunden ist, würde ich gerne einmal zum Diamantsee hinausfahren und Verena eine Nachricht zukommen lassen. Wenn ich richtig gerechnet habe, müsste sie in etwa fünf sechs Tagen zurückkommen.

Ich habe zwar schon versucht, ihr per Festnetz auf den Anrufbeantworter zu sprechen, aber es hieß immer nur „kein Anschluss unter dieser Nummer". Möglicherweise ein Konflikt zwischen analogen und digitalen Telefonen. Auch fände ich es ganz schön, wenn sie nach der langen Zeit ein paar Blumen von mir vorfände.

Am liebsten hätte ich sie direkt angerufen, aber ihre mobile Nummer habe ich nirgends – außer auf meinem Handy.

Ich hatte mir überlegt, in den nächsten Tagen mit dem Taxi rauszufahren, aber Werners Ente wäre sicherlich eine angenehmere Lösung.

Also erkläre ich Werner mein Vorhaben und frage ihn: „Würdest Du mir morgen oder übermorgen deine Ente leihen? Ich brauch sie höchsten ein bis anderthalb Stunden."

„Nö, auf keinen Fall. Das wäre für dich lebensgefährlich. Das Ding ist so alt, das kann nur ich bedienen. Wirklich.

Ich hab aber morgen Zeit und könnte dich fahren. Das ist dann ein richtiger Ausflug aufs Land. Wie früher Wandertag in der Schule"

Etwas anders hatte ich mir das Vorhaben schon vorgestellt, aber sei's drum: Werner und ich machen einen Ausflug.

Ich stimme also zu, wir verabreden die Abfahrtszeit so, dass ich vorher noch Blumen kaufen kann und ich sage Werner zu, dass ich natürlich das Benzingeld übernehme.

„Das geht leider auch nicht" meint Werner. „Benzin ist flüssig und muss in flüssiger Form bezahlt werden. Ich schlage vor, zwei Hopfenkaltschalen auf hundert Kilometer, okay?"

Gerne willige ich ein, ohne den Verbrauch einer Ente in Kaltschale gegenzurechnen.

Ich lege auf. Das sagt man immer noch, obwohl sich ein Sechzehnjähriger, der nur noch Handys und Smartphones kennt, gewiss nichts darunter vorstellen kann: Wo legt man das Handy drauf?

* * *

Werner ist unerwartet pünktlich am nächsten Morgen. Zwanzig Minuten nach der vereinbarten Zeit höre ich die quäkige Hupe seiner Ente vor dem Haus. Da ich schon seit geraumer Zeit fertig bin, stehe ich kurz darauf vor dem Gefährt.

Es ist tatsächlich noch die gleiche Ente von damals. Ich erkenne das an der Beule in der Beifahrertür. Wir kamen seinerzeit von einer heftigen Fete und waren auf der Autobahn unterwegs. Plötzlich wurde mir schlagartig sehr übel. Werner fuhr sofort rechts ran auf den Seitenstreifen, um sein Auto – wie er sagte – vor „Kontamination" zu schützen. Aus gleichem Grund riss ich die Tür weit auf und musste mich heftig übergeben. Leider hatte ich in meiner Not nicht über die Leitplanke nachgedacht. Mit voller Wucht schlug die Tür dagegen. Die Narbe ist bis heute geblieben.

Die Blumen für Verenas Empfang habe ich schon am frühen Morgen besorgt. Zwei Mark sechzig für einen wirklich schönen großen Strauß finde ich bemerkenswert günstig.

Die Ente heißt Waltraud.

Ich steige ein und sehe, dass Werner auf dem Rücksitz eine Rolle Doppelkekse – von den Pfadfindern auch „Arschkekse" genannt – und zwei Packungen „Capri-Sonne" deponiert hat.

Das war Pflichtverpflegung auf all unseren Wandertagen während der Schulzeit.

„Guten Morgen, Werner. Du bist ein Nostalgiker", begrüße ich ihn und zeige mit einer Kopfbewegung Richtung Rücksitz"

„Auch guten Morgen oder, wie es eigentlich hierzulande heißt: Moin" entgegnet er mir „Wandertag ist Wandertag, basta."

Ich mache es mir auf dem Beifahrersitz so bequem, wie es in dieser Art Fahrzeug möglich ist. Genaugenommen sind die Sitze in der Ente eher so etwas wie Gartenstühle aus den Sechzigern: Stahlrohr, mit Plastikriemen umwickelt.

Bevor es mit der Fahrt los geht, erfolgt die Einweisung durch das Cockpit-Personal: „Pass bitte mit dem Fenster auf. Hab ich Dir wahrscheinlich schon hundertmal gesagt, kann aber ja nicht schaden. Es hält nicht oben und man kann sich furchtbar klemmen."

Dazu muss man wissen, dass die Ente keine Fenster hat, die man rauf und runter drehen kann, wie in normalen Autos. Vielmehr sind die Fenster horizontal in der Mitte geteilt. Der obere Teil ist feststehend, der untere mit einem Scharnier daran befestigt. Mit geschickter Handbewegung kann man nun den unteren Teil mit Schwung nach außen werfen, es klappt am Scharnier nach oben und rastet – wenn man Glück hat – in eine dafür vorgesehene Vorrichtung ein, so dass das halbe Fenster geöffnet bleibt und man cool den Ellenbogen nach draußen schieben kann.

Nicht so bei Waltraud. Es kann sein, dass das Fensterunterteil vorschriftsgemäß einrastet - man weiß aber nie, wie lange. Irgendwann, wenn man sich sicher fühlt und nicht mehr über das Fenster nachdenkt, fällt es plötzlich, unvorhersehbar und heimtückisch wieder zu. Man erschrickt dann in der Regel so stark, dass man reflexhaft den Arm zurückzieht. Da ist nun aber das Fenster im Weg und es tritt möglicherweise der „Guillotineneffekt" ein. So hat zumindest Werner den Vorgang genannt, der einem tagelange Schmerzen einbringen kann.

Werner hat es besser: Sein Fenster hält verlässlich offen und er kann während der Fahrt rauchen.

Es folgt der Startvorgang.

Schon nach wenigen Sekunden wird mir klar, dass es richtig von Werner war, mir das Auto nicht zu leihen. Was er nun vollzieht, lässt sich mit Worten kaum beschreiben.

Der Motor tuckerte die ganze Zeit friedlich vor sich hin. Am Straßenrand zu stehen scheint Waltraud zu gefallen. Nun muss Werner sie in einem raffiniert ausgeklügelten Spiel von Kupplung, Gas und Revolverschaltung überlisten.

Das gelingt nicht sofort. Die nächsten Sekunden sind angefüllt mit mehrfach aufheulendem Motor, dem Krachen von Gestänge tief im Bauch des Fahrzeugs und dem Geräusch von Eisen auf Eisen.

Dann ist Waltraud einen Moment unaufmerksam und es wird sehr still: Sie hat verloren. Das leise heulende Tuckern wird lauter und Waltraud bewegt sich langsam Richtung Fahrbahnmitte.

„Wir müssen Richtung Wilhelmsfehn" rufe ich Werner zu. Der nickt nur kurz zurück. Ganz Kapitän und Techniker. Die Schweißperlen auf seiner Stirn erinnern an die Maschinisten in dem Film „Das Boot".

Es fängt an zu regnen. Die winzigen Scheibenwischer arbeiten sich gemächlich von links nach rechts. Sie scheinen es mehr als Aufgabe zu sehen, uns möglichst nicht zu stören, als den Blick nach vorne frei zu machen.

Werner bleibt gelassen, er kennt das seit Jahren. „Fahre oft nach Gehör" ist der passende Kommentar.

Soweit ich es erkennen kann, ist wenig los auf der Straße. Ausschließlich Oldtimer. Durch das melancholische Wetter sieht auch alles andere draußen alt und verbraucht aus.

Waltraud kann maximal achtzig km/h. Daher fällt der Unterschied zwischen geschlossener Ortschaft und „Ende aller Streckenverbote" nicht besonders ins Gewicht.

Werner sieht den Vorteil so: „Ab fünfzig braucht man keinen Tacho mehr: Bei sechzig klappern die Kotflügel, bei siebzig die Türen und bei achtzig die Zähne".

Nachdem wir etwa die Hälfte des Weges geschafft haben – gefühlt ist der halbe Vormittag dafür drauf gegangen – wird mir zum ersten Mal komisch zumute: Irgend etwas stimmt nicht. Die Häuser sind falsch – manche irgendwie auch nicht. Die Straße ist anders, alles wirkt seltsam fremd.

„Sind wir noch auf dem richtigen Weg, Werner?"

„Yes, Sir! Kurs Wilhelmsfehn liegt korrekt an."

Ich habe ein unheimlich mulmiges Gefühl im Bauch und werde immer stiller.

Der Regen hat aufgehört, aber es ist immer noch bleigrau draußen.

Werner hat sein Fenster wieder aufgeworfen und raucht irgendein stinkendes schwarzes Kraut.

Das Autoradio ist mit Draht unter dem Armaturenbrett befestigt und dudelt gerade „Skandal um Rosi". Werner singt laut mit und Waltraud summt dazu.

Wir erreichen die Stelle, an der die Straße „Zum Diamantsee" links abbiegt. Das heißt, wo sie hätte abbiegen sollen.

Ich bitte Werner, rechts ran zu fahren und einmal anzuhalten. Gesagt, getan. Er lässt Waltraud im Leerlauf weitergluckern, ich steige aus.

Mein Herz krampft sich zusammen und mir wird im Magen flau: Die Ecke stimmt, aber kein Haus und Hof weit und breit. Ein kleines, altes und verrostetes Schild, von dem bereits ein Teil fehlt, zeigt halbwegs in die Richtung, in die wir wollen. „amantsee" steht darauf.

Jetzt brauche ich auch so ein stinkendes Ding aus schwarzem Kraut. Werner gibt mir eine von seinen für die Autofahrt vorgedrehten Zigaretten. Er knispelt derweil den ersten Doppelkeks weg.

„Auch einen dazu?" fragt er.

„Nein danke", sage ich. „Ich erkenne nichts wieder."

„Warst Du denn schon einmal hier – und wie lange ist das her?"

Die Straße zum Diamantsee ist ein Feldweg. Ungepflastert, zwei Fahrspuren mit teilweise riesigen Pfützen und in der Mitte ein Grünstreifen aus Gras, Gänseblümchen und Löwenzahn. Bestenfalls ein Wirtschaftsweg für Bauern.

Da, wo Häuser, Garagen und schmucke Vorgärten hätten sein sollen, sind Bäume, Gebüsch, Weiden und vereinzelt Kühe.

Ich steige wieder ein.

„Wie siehst Du denn aus?" fragt Werner erschrocken und lässt den Strohhalm aus dem Mund flipsen, der auf der anderen Seite in einer Capri-Sonnen-Tüte steckt.

Zwei Tropfen des Tranks fliegen Richtung Lenkrad. Waltraud wird's verkraften.

„Du bist ja völlig käsig".

„Ich weiß auch nicht", antworte ich ihm, „mir ist nicht so prall, irgend etwas ist falsch. Lass uns bitte weiterfahren."

Werner guckt mich noch einen Moment lang ernst von der Seite an, nimmt noch einen kräftigen Schluck Fruchtsaft, verstaut die Tüte in der Tür und sagt: „Okay, Du musst es wissen."

Dann beginnt erneut der Startvorgang. Das Ententriebwerk heult auf, Werner jongliert mit der Schaltung und Kupplung und der rote Flitzer setzt sich langsam wieder in Bewegung.

Waltraud hoppelt den Wirtschaftsweg entlang, der meines Erachtens zu den Nobelwohnungen der oberen Einhundertfünfzig führen sollte.

Das Auto schwankt dermaßen, dass die Crew aus dem „Boot" möglicherweise seekrank geworden wäre.

Heftige Stöße von unten kommen dazu.

Einer so heftig, dass zum ersten Mal in der Geschichte auch das Fenster der Fahrertür von allein zufällt, was Werner mit: „Oh, Mist!" kommentiert.

Nach gut zehn Minuten haben wir die Stelle erreicht, an der ich Verenas Haus zu finden gehofft hatte.

Der See ist da, Form und Farbe stimmen, aber ansonsten nur Gegend und dahinter Umgegend.

Ich frage Werner, ob er soviel Zeit hat, dass ich einmal kurz zum See hinunter gehen kann. Die Wartezeit würde ich gegebenenfalls mit weiteren Hopfenkaltschalen vergelten.

Er hat sich den ganzen Tag Zeit genommen, möchte aber im Auto sitzen bleiben: „Mehr aus Faulheit als aus Angst, dass jemand Waltraud klauen könnte" grinst er.

„Mit Hopfenkaltschale kann man aber nur flüssige Dienstleistungen bezahlen, wie Benzingeld. Über den Acker laufen ist aber ja etwas Festes und nicht flüssig."

„Und, kann man das auch irgendwie abgelten?"

„Klar, Frikadelle."

„Okay", sage ich und ergänze: „Falls es dahinten matschig ist, kommt Senf dazu."

Werner stimmt zu, dreht das quäkende Radio lauter, nimmt die angebrochene Getränketüte aus der Tür und fingert mit der anderen Hand auf dem Rücksitz nach den „Arschkeksen". Auf dem Beifahrersitz liegt die kleine Schachtel mit den Vorgedrehten und das Benzin-Sturmfeuerzeug.

Ich gehe langsam zum Zaun hinüber, der das ganze Areal umschließt. Schon vom Auto aus habe ich gesehen, dass dort Schilder angebracht sind und ich hoffe, dass sie mir irgendwie Aufschluss über die Situation geben können.

Das erste Schild ist alt. Es weist darauf hin, dass der Diamantsee unter besonderem Schutz steht, weil er den Rehen und dem anderen Rot- und Schwarzwild als

Tränke dient. Aus diesem Grund ist auch Baden streng verboten, „Eltern haften für ihre Kinder".

Das zweite ist eigentlich gar kein richtiges Schild. Irgendwer hat Zeitungsausschnitte in Folienhüllen gesteckt und hier aufgehängt. Es sind Zeitungsberichte darüber, dass ein Investor das gesamte Gelände um den See herum aufgekauft habe und jetzt bebauen möchte. Ein Kommentator der wohl eher konservativen Zeitung merkt an, dass das doch wohl ein wahrer Segen für die Ortschaft sei. Wenn das zu erwartende gutsituierte Publikum erst hier wohne und seine Steuern bezahle, flössen endlich mehr Steuermittel in die Gemeindekasse, was dann zum Wohle aller sei.

Die zweite Hülle hat dem Regen leider nicht ausreichend standgehalten. Das Papier darin ist durchfeuchtet und nur noch zum Teil lesbar.

Die noch intakten Bruchstücke informieren: „Widerstand bis zuletzt"; „wir lassen uns nicht verarschen"; „kommt zur Demo am ..."; „wenn die Reichen baden wollen, müssen die Rehe halt woanders trinken"; „...hier werdet ihr nicht glücklich" und so weiter.

Ich suche ein Loch im Zaun und finde es auch. Ich blicke mich ein paarmal um, damit mich keiner beobachtet, wenn ich das Loch auf die Größe bringe, die ich benötige, um durchsteigen zu können.

Dann bin ich auf der Weide, die sanft zum See abfällt. In ihrer Mitte steht ein großes Protest-Holzschild mit großen schwarzen Lettern „Bebauungsplan verhindern".

Ich gehe runter zum See.

Da, wo unser Haus stehen sollte, ist nichts, nur Wiese und auch von all den anderen Prachtbauten mit Seezugang ist keines mehr da.

Mindestens zwanzig Minuten bleibe ich dort stehen. Mir ist schwindelig und übel. Dann gehe ich zurück zum Auto, ich kann Werner nicht ewig warten lassen.

Waltraud ähnelt einer Räucherkammer.

„Tür auf ist mir zu kalt", meint Werner, schaut mich an und sagt: „Oha, noch käsiger. Muss ich mir Sorgen machen?"

„Keine Ahnung. Lass uns zurückfahren."

Ich setze mich in den Qualm. Aufheulen, Eisen auf Eisen, dumpfes Grummeln aus der Tiefe: Abflug.

Wieder auf der Landstraße angekommen, hält Werner an der ersten Telefonzelle an.

„Hast Du mal vierzig Pfennig?"

Ich schau nach und gebe sie ihm.

Er führt zwei kurze Gespräche, dann starten wir wieder.

„Hab Pia angerufen. Soll ein bisschen auf dich aufpassen nachher. Scheinst mir doch sehr verwirrt zu sein. Sie ist gleich los in deine Wohnung. Heinz weiß auch Bescheid."

Und tatsächlich, als wir endlich ankommen, hat Pia schon Black-Current-Tea gekocht. Demnach hat sie einen Schlüssel für die Wohnung.

Verenas Blumen, die wir ihr mitgebracht haben, gefallen ihr sehr gut und sie stellt sie gleich ins Wasser.

Kurz danach kommt auch Heinz. Alle versuchen, mich zu beruhigen.

„Da waren noch nie Häuser – bestimmt nicht."

„Du musst das geträumt haben. Kennt doch jeder: Unheimlich realistische Träume, die einen tagelang nicht wieder loslassen."

„Technicolor sozusagen."

Ich entgegne: „Kann man denn dreißig Jahre komplett träumen? Mit allen Details? Ich weiß noch alles, was in den nächsten Jahren passieren wird."

„Auch Lottozahlen?" würde Werner interessieren.

Pia gibt ihm einen Stoß in die Rippen: „Bleib mal ernsthaft".

„Ich mein ja bloß. Als Wahrsager kann man schon heftig verdienen."

Wir sitzen noch zwei Stunden beieinander, ohne dass wir einer wirklichen Erklärung näher kommen.

Heinz tippt auf asiatische Grippe: „Die Viren werden von Jahr zu Jahr aggressiver und lösen inzwischen Dinge aus, die wir uns früher nicht einmal träumen lassen haben. Hab im Dritten eine Dokumentation dazu gesehen."

Werner glaubt an Alkohol-Abusus oder sogar Delirium Tremens und will uns Heinz' Geschichte mit den Micky-Mäusen noch einmal erzählen. Aber alle winken ab.

Die Traum-These scheint von allen vorerst die überzeugendste zu sein. Aber tausend Fragen bleiben offen.

Wir beschließen, am Donnerstag im Hinkebein das Thema noch einmal aufzunehmen.

„Dann ist auch Petra dabei, die ist schlau."

„Und wir haben die Denkunterstützung durch Kaltschale"

„Und Frikadellen".

„Mit Senf"

Die Nacht ist furchtbar. Ich werfe mich von links nach rechts und träume in ständigen Wiederholungen immer das Gleiche – wie unter Fieber.

Am Morgen, in dem kurzen Zeitraum zwischen Tiefschlaf und hellwach, liege ich auf dem Rücken und traue mich nicht, die Augen zu öffnen.

Wo werde ich aufwachen, Diamantsee oder Weizmannstraße? Stupst mich gleich Verena an – oder Pia?

Meine Beine werden schweißnass.

Die Augen kann man einfach verschließen, die Nase nicht. Ein Hauch von Patchouli liegt in der Luft.

Ich bin erleichtert. Pia liegt neben mir, ich kann ihre Haut fühlen. Obwohl man zu zweit nur „Löffelchen" schlafen kann, hat ein nur neunzig Zentimeter breites Bett eben doch auch Vorteile.

Sie dreht sich zu mir um, legt mir ihren Arm auf die Brust und sieht mich schweigend mit ihren strahlenden Augen an.

Nach einer Weil schau ich ihr ins Gesicht und sage: „Du Pia, ich habe Angst, dass Du nur ein Traum bist."

Sie schaut an die Decke, überlegt eine ganze Weile, sieht mich dann wieder an und antwortet: „Ich glaube, es ist mir egal, ob ich Traum bin oder Wirklichkeit."

Eine Weile vergeht.

„Mir aber nicht!"

Kapitel 10　　An der Hunte

Der Dienstag ist eigentlich ein herrlicher Sommertag. Die Sonne taucht mein Wohnzimmer schon morgens in goldgelbes Licht. Ich habe seit Tagen nicht gut schlafen, weil mich ständig die gleichen Träume einholen. Heute habe ich es um halb sechs aufgegeben und mich mit einem heißen Kaffee ins Wohnzimmer gesetzt.

Mir wird klar, dass die ständigen historischen Nachrichten im Radio gar nicht historisch sind, sondern ganz normal von heute. Die Oldies sind auch noch gar keine Oldies, sondern topmodern.

Trotz Sonne und Wärme ist meine Stimmung auf dem Nullpunkt. In der Wohnung zu hocken und immer wieder das gleiche zu grübeln, ist mit Sicherheit falsch.

Rauszugehen bringt aber auch nichts, denn ich kenne niemanden und bin völlig verunsichert.

Ich spüre, dass ich mir gerade eine ausgewachsene Depression einfange. Das ist auch keine Lösung - aber ich kann nichts dagegen tun.

Das Telefon klingelt. Na, wenn schon – wird nichts Wichtiges sein. Ich lasse es klingeln.

Wenige Sekunden nachdem der letzte Klingelton verklungen ist, setzt es erneut ein. Scheint doch dringender zu sein.

Und Beharrlichkeit muss belohnt werden.

Ich gehe ran und melde mich: „Bitte?"

Pia ist dran: „Hättest Du Lust auf einen Ausflug mit mir?"

„Jaaaa …., ich glaube schon. Ähh … ich meine: gerne!

Hast Du keine Schule?"

„Nöö, fällt aus."

„Wieso das denn?"

„Hab ich so beschlossen. Bin in einer dreiviertel Stunde bei dir. Tschüs!"

Es dauert aber nur etwas mehr als eine halbe Stunde, bis es an der Tür klingelt.

Pia trägt einen Motorradhelm – einen zweiten hält sie in der Hand.

„Fertig? Dann los!"

Draußen auf dem Bürgersteig steht ein Motorroller Marke Vespa – wie in den Fünfzigern. Weiß mit einer Friedenstaube auf dem linken hinteren Radkasten und einem Peace-Zeichen auf dem rechten. Auf dem Gepäckhalter hinter dem Beifahrersitz – früher „Sozius" genannt - hat sie mit einem Gummiseil einen Picknickkorb und eine aufgerollte Decke befestigt.

„Wo hast Du den schicken Roller her?" frage ich.

„Von meinem Bruder geliehen."

„Weiß er davon?"

„Er wird schon nichts dagegen haben"

Das ist auch eine Antwort.

Sie ist schon aufgestiegen und betätigt im Sitzen den Kickstarter. Die Maschine springt sofort an.

Ich setzte den zweiten Helm auf und stehe zunächst etwas betroffen herum. Sie lacht mich an und klopft zweimal mit der flachen Hand auf den Sozius.

Alles klar! Ich sitze auf, sie legt den Gang ein und lässt langsam die Kupplung kommen. Gemächlich rollen wir auf die Weizmannstraße, sie schaltet hoch und beschleunigt.

Behutsam halte ich mich an ihrer Hüfte fest. Ich bin ihr so nah, dass der Fahrtwind mir hin und wieder ihre blonden Haare durchs Gesicht wischt.

Wir fahren aus der Stadt heraus, an der Schleuse vorbei und dann parallel zur Hunte weiter – das ist der Fluss, der durch Oldenburg fließt. Nach einer Weile biegt sie links ab in einen kleinen ungepflasterten Weg, der uns direkt an die Hunte bringt, die hier noch unbefestigt ist und nicht von Schiffen befahren wird.

Wir stellen den Roller ab, nehmen Decke und Korb mit und müssen zu Fuß nur noch einen schmalen Fahrradweg überqueren, der allen Biegungen des Flusses folgt.

Pia kennt sich aus: Zielstrebig führt sie uns an eine kleine Bucht, wo ein freier Platz zwischen Schilf und Gebüsch genau die passende Größe für die Picknickdecke hat.

Sie breitet das grünkarierte Tuch aus und wir setzen uns im Schneidersitz gegenüber. Dann öffnet sie den Korb. Es kommen mehrere Frikadellen, Kartoffelsalat, eine Tube Senf und eine Mini-Flasche Rotwein zum Vorschein.

„Wann hast Du das denn vorbereitet?", frage ich überrascht.

„Nun ja ..., ich musste ohnehin den Roller tanken und da hab ich das an der Tanke mitgenommen. Gekauft meine ich natürlich. Der Rotwein ist aus dem Keller meiner Eltern."

Anstoßen geht leider nicht – es fehlen die Gläser. Wir wünschen uns trotzdem gegenseitig alles Gute und trinken wechselseitig aus der kleinen Flasche.

Wegen der schwierigen Situation, in der ich mich gerade befinde, sind wir unsicher, ob wir dabei auf eine gute Zukunft oder eine gute Vergangenheit trinken sollten. Wir entscheiden uns für beides.

Eingeschweißte Frikadellen von der Tanke sind eigentlich nicht meine erste Wahl, was gepflegte Mahlzeiten angeht. Aber beim Picknick mit Pia im Sonnenschein an der Hunte kann man sich nichts Besseres vorstellen.

Zum Schluss holt sie noch zwei – bislang unter einem Küchentuch verborgene – Becher Götterspeise hervor: Einmal Waldmeister, einmal Himbeere, jeweils mit einer Schicht Vanillesoße oben drauf. Erinnerungen an die Kindheit werden wach.

* * *

Alles ist wieder in dem kleinen Korb verstaut. Pia sitzt am Rand der Decke und blickt auf den Fluss. Ich liege hinter ihr und stütze meinen Kopf mit der Hand auf. Zwischen ihrer Jeans und dem T-Shirt kann ich einen kleinen Streifen ihres braun gebrannten Rückens sehen. Gerade studiere ich die kleinen, sich abhebenden Rückenwirbel und den weichen hellblonden Flaum, als sie fragt:

„Das mit der Zeit ist echt kompliziert. Was ist gestern, morgen und heute?

Man sagt doch immer, die Zeit fließt – also wie die Hunte da vorne.

Wo aber ist bei so einem Fluss die Zukunft und wo die Vergangenheit? An der Quelle oder an der Mündung?"

Ich blicke auch eine Weile an ihr vorbei auf den Fluss, der hier relativ gemächlich seine Bahn zieht.

„Naja", meine ich, „spontan würde ich sagen, oben – also an der Quelle – ist die Vergangenheit und unten, Richtung Mündung ist die Zukunft, nämlich das, was noch kommt."

„Für den Fluss stimmt das", antwortet sie nachdenklich, „aber für uns, die wir am Fluss sitzen, sieht das meines Erachtens genau anders herum aus: Von oben kommt das Neue, das, worauf wir noch gespannt sind, also die Zukunft. Und das, was schon vorbei ist Richtung Mündung, ist alt und vergangen."

„Da hast Du wiederum irgendwie Recht," erwidere ich: „Möglicherweise hängt das Verständnis der Zeit auch vom jeweiligen Standort ab. Es erscheint alles relativ, je nachdem, ob man im Fluss ist oder außerhalb".

„Apropos im Fluss", strahlt sie mich an, „wollen wir schwimmen?"

„Ähh …., ich hab nichts mit"

„Ich auch nicht. Macht doch nichts, ist doch sonst keiner da."

Tatsächlich ist während der ganzen Zeit kein Radfahrer oder Fußgänger vorbeigekommen. Also: Klamotten aus und rein in die kalten Fluten.

Das kalte Wasser und die Anstrengung, sich gegen die doch nicht zu unterschätzende Strömung durchzusetzen, bekommt mir gut und meine Stimmung hellt sich weiter auf.

Wie zu erwarten, kommt in dem Moment, als wir gerade aus dem Wasser gestiegen sind und uns in Ermangelung von Handtüchern versuchen das Wasser abzuschütteln, ein Fahrradfahrer vorbei.

Ein Mann mittleren Alters, typisch oldenburgisch: Lacht uns an, sagt „moin" und fährt fröhlich weiter.

Eine Weile braucht es, bis uns wieder warm ist, aber die Sonne hat noch enorme Kraft.

Wir sitzen nebeneinander und blicken auf den Fluss, als Pia mir plötzlich ihren Kopf zudreht und mich intensiv mit ihren blauen Augen ansieht.

„Möchtest Du, dass ich bei dir bleibe, bis die ganze Sache ausgestanden ist? Und auf dich aufpasse?"

Ich bekomme einen riesigen Kloß im Hals und Sorge, dass ich weinen muss, wenn ich ihr jetzt antworte. Deshalb nicke ich nur kräftig.

Sie nimmt mich in den Arm – und ich muss doch heulen. Sie lässt mich – und sagt nichts.

Nicht: „Beruhige dich doch" oder „ist doch nicht so schlimm" oder „das wird schon wieder" – einfach nichts.

Nach einer Weile gibt sie mir stumm eine Serviette und wir bleiben einfach so sitzen. Bestimmt noch eine halbe Stunde.

Dann ist alles gut bei mir: Die Natur hat ihre Farben wiedergefunden: Das Gras ist wieder sommergrün, Himmel und Fluss sind blau, wie es sich gehört und die wenigen Schäfchenwolken am Himmel sind schneeweiß.

Wir küssen uns – lange und versunken.

Dann, ohne ein weiteres Wort, packen wir die Sachen zusammen und treten die Rückfahrt an.

Immer, wenn sich Pia beim Abbiegen nach links oder rechts umschaut, kann ich sehen, dass ein ganz feines Lächeln ihre Lippen umspielt.

Etwa Mitte der Fahrt erwischt uns das Gewitter: Es donnert und blitzt und schüttet wie aus Kübeln. Wir haben nichts gegen den Regen dabei, also sind wir schon nach wenigen Minuten klatschnass.

Mich stört das überhaupt nicht, ich könnte stundenlang so weiterfahren. Ich erfreue mich an Pias Haarsträhnen, die der Fahrtwind mir über das Gesicht weht, auch wenn sie nass sind.

Vor meiner Wohnung verabschieden wir uns. Pia muss den Roller zurückbringen, den ihr Bruder möglicherweise schon vermisst.

Knapp eine Stunde später ist sie wieder da und zieht bei mir ein. Alles, was sie braucht, hat sie in ihren Rucksack und eine Korbtasche gepackt. Wir verstauen ihre Sachen in Schränke und Regale und nach langer, langer Zeit blicken mich wieder zwei Zahnbürsten im Badezimmer an, die einträchtig im Becher nebeneinanderstehen.

Abends sitzen wir nebeneinander auf dem Sofa im Wohnzimmer. Gemeinsam unter einer Wolldecke, weil es nach dem Gewitter doch deutlich abgekühlt ist. Auf dem Wohnzimmertisch liegen unsere Füße in Wollsokken und lugen unter der Wolldecke hervor. Jeder liest in seinem Buch. Hin und wieder, wenn einer lachen muss oder eine besonders interessante Stelle gelesen hat, wartet er, bis der andere einen Seitenwechsel hat, und liest ihm die Stelle laut vor.

So würde ich „Glück" beschreiben, wenn jemand fragt!

Kapitel 11   Im Hinkebein

Endlich ist Donnerstag.

Heute wollen mir meine Freunde helfen, mein Problem mit den zwei Leben, mit dem verflixten Traum oder der vertauschten Zeit – oder wie auch immer man es nennen will – aufzulösen.

Pia und ich gehen gemeinsam ins Hinkebein. Ich habe ihr nachmittags wieder überflüssige Nachhilfe erteilt.

Heinz ist schon da. Werner wird, wie immer, im Rahmen seiner – wie er es nennt – „mediterranen Pünktlichkeit" einen Moment später kommen.

Pido begrüßt uns herzlich. Er ist wie früher. Ich könnte nicht sagen, dass er sich überhaupt irgendwie verändert hat. Kein Wort über die vergangenen Jahre oder eine besondere Freude, mich auch einmal wieder zu sehen.

Wir gehen an unseren ehemaligen „Stammtisch", ganz hinten rechts.

Es ist der Tisch, an dem wir beim allerersten Besuch des Hinkebeins vor über dreißig Jahren gesessen haben.

Werner, Heinz und ich waren seinerzeit mit einem Typen vom AStA verabredet.

Er wurde von allen „Eso" genannt, weil er einen besonderen Hang zur Esoterik hatte. Alles, was irgendwie besonders oder ausgefallen war, versuchte er mit übersinnlichen Phänomenen zu erklären. Wenn in einer komplexen Angelegenheit auch nur ein winziges Element zu finden war, das unerklärlich war, fokussierte er für den Rest der Sitzung auf diese Nebensächlichkeit.

Wir wollten uns mit ihm treffen, weil wir spontan etwas gegen die damals geplante Novellierung des Hochschulrahmengesetzes unternehmen wollten und uns dafür die Unterstützung des AStA erhofften.

Schon nach fünf Minuten wurde uns klar, dass wir den falschen Mann eingeladen hatten. Er verstand die Problematik nicht, mutmaßte über Übersinnliches in allen Gesetzesvorhaben und vor allem auch die HRG-Novelle hätte eine tiefergründige Strahlkraft.

Nun war es leider so, dass Werner, Heinz und ich uns auch nicht weiter ohne ihn unterhalten konnten. Ständig musste er seine erdfernen Sprüche unterheben.

Vermutlich überlegten wir alle drei, wie wir ihn am besten und schnellsten wieder loswürden.

Ich klebte gerade mein ausgekautes Kaugummi unter den Tisch, als ich ein Loch unten in der Tischplatte entdeckte. Die Platte war im Stück längs aus einem Baum heraus geschnitten, ungefähr fünf Zentimeter dick und nur grob bearbeitet. Von oben konnte man das Loch nicht sehen, weil der Tischläufer es verdeckte.

Ich nahm einen großen Schluck aus meinem Bierglas und stellte es mitsamt dem Bierdeckel genau über das Loch.

Es war nicht schwer, das Thema auf „Telekinese" zu bringen. Sie war Esos liebster Gesprächsgegenstand.

In aller Bescheidenheit konnte ich ihm berichten, dass ich es in den vergangenen Jahren in diesem Bereich schon relativ weit gebracht hätte.

Jetzt zum Beispiel hätte ich mich schon eine Weile auf mein Bierglas konzentriert und es würde höchstens noch einer Minute schärfster Fokussierung bedürfen, um das Glas mit reiner Geisteskraft zu bewegen. Ich könnte es zwar noch nicht schweben lassen - aber immerhin.

Der Eso starrt mich mit großen Augen an und sagte: „Du spinnst".

„Das würde ich nie tun – warte ab".

Ich starre also eine Minute lang mein Bierglas an, zucke hin und wieder mit den Gesichtsmuskeln, atme tief aus und mache ab und an leise „ahhh".

Dann, plötzlich, ich richte mich auf, reiße die Augen weit auf und drücke von unten vorsichtig mit dem Zeigefinger durch das Loch gegen den Bierdeckel mit dem Glas darüber. Vorsichtig, weil ich natürlich nichts verschütten möchte.

Das Glas schwankt, das Bier darin schwappt hin und her. Der Eso ist hin und weg.

Den Rest des Abends können Werner, Heinz und ich uns problemlos über mögliche Maßnahmen zur Abwehr der Hochschul-Novelle unterhalten, der Eso ist nur noch auf sein Bierglas fixiert. Er starrt es an und ich möchte nicht wissen, was ihm dabei durch den Kopf geht.

Hin und wieder fragt er: „War da was? Hat es sich gerade ein bisschen bewegt?"

"Nee, Du, da fehlt wohl noch ein wenig".

Mein einziges Problem ist, dass ich die ganze Zeit, in der er sein Glas fixiert, Angst habe, es könne plötzlich ganz sachte abheben und eine Handbreit über der Tischoberfläche schwebend verharren.

Und dass der Eso dann doziert: „Stimmt, ist tatsächlich nicht schwierig. Vielen Dank für den Tipp."

Das ist alles sehr lange her.

Nachzutragen bleibt aber, dass Heinz den Eso beinahe ein Jahr später wieder im Hinkebein getroffen hat. Heinz suchte eigentlich jemand anders und sah den Eso zufällig am gleichen Tisch sitzen, an dem er vor Monaten die erste Lexion in Telekinese erhalten hatte.

Schon bei der Begrüßung fuchtelte der Eso dermaßen in der Luft herum, dass er sein halbvolles Bierglas dabei umstieß.

Pido war sofort mit Wischlappen und Eimer zur Stelle und zog als erstes den nassen Läufer vom Tisch. Dabei legte er das besagte Loch frei, das dem Eso auch sogleich ins Auge fiel.

Schweigen, Entsetzen, dann: „Arschloch!"

„Nee", antwortete Heinz: „Astloch".

Aber auch das ist lange her.

Werner ist mittlerweile auch eingetroffen und hat Petra mitgebracht. Pia hat berichtet, die beiden seien mehr oder weniger zusammen.

Petra ist groß und schlank. Passend zu ihrem dunklen Teint hat sie tiefgründige braune Augen.

Das auffälligste an ihr sind aber die pechschwarzen Dreadlocks, die fast bis zum Bauchnabel reichen. Sie studiert irgendwas Soziales. Soziologie oder Sozialwissenschaften oder etwas Ähnliches.

Pido nimmt die erste Negativ-Bestellung auf. Das bedeutet, dass jeder aufzeigen muss, der kein großes Bier will.

Diesmal keiner – der Abend ist ja noch jung.

Noch eine Bitte von Pido: „Bitte nicht so schlimm, wie beim letzten Mal".

Ich sage: „Ich kann mich an nichts erinnern".

Pido: „Das meine ich ja."

Werner entschuldigt sich, er habe einen kompletten „Kabelbrand" gehabt: „Und dann ist die gesamte Elektronik bei mir ausgefallen."

Die erste Runde kommt, wir stoßen an und genießen den ersten kühlen Schluck durch den bitteren Schaum.

Werner sieht total fertig aus. Ich kann mir nicht vorstellen, dass er heute eine große Hilfe bei der Lösung meiner Probleme sein wird. Da werde ich wohl auf die anderen bauen müssen.

Er erzählt, dass er sechs Stunden Prospekte ausgetragen hat.

„Scheiß Kapitalismus".

Heute ist er mit sechs Hunden und fünf Rentnern aneinandergeraten. Die Hunde findet er nicht so schlimm. Aber die Rentner:

„Als ich so alt war wie Sie junger Mann, habe ich von morgens fünf bis abends zum Dunkelwerden auf dem Bau gearbeitet."

„Müssen Sie die ganzen Briefkästen verstopfen?"

„Die heutige Generation taugt nichts. Wir hatten jedenfalls noch Werte wie Fleiß und Anstand."

Beim letzten ist Werner wohl ausgerastet und hat ihn angebrüllt: „Kann schon sein, dass Ihr besser wart als wir. Wenn wir aber einmal siebzig Kilometer vor Moskau stehen, kneifen wir nicht den Schwanz ein und hauen ab zu Mutti. Dann ziehen wir das Ding auch zu Ende durch."

„Hab ich ja gar nicht so gemeint" sagt Werner müde, „aber ich war so wütend. Dann ist der Opa mit seinem Stock auf mich los und ich musste rennen. Die Hälfte der restlichen Prospekte habe ich dabei verloren." Er grinst. „Hoffentlich hat der Opa keinen Herzinfarkt gekriegt."

Wir müssen lachen, aber Heinz ermahnt uns und erinnert daran, dass wir ja über meine Probleme mit der heutigen Zeit reden wollten.

Dass es ein Zeitproblem ist, wussten wir noch gar nicht, aber Heinz hat etwas vorbereitet. Er bittet mich aber, bevor er seine Gedanken offenlegt, noch einmal in kurzen Worten zu beschreiben, was mir widerfahren ist.

Also berichte ich: „Ich habe geglaubt – oder vielleicht geträumt – dass ich ein fünfundfünfzigjähriger Diplom-Psychologe bin, der mit seiner Frau, sie heißt Verena, in einem schicken Haus an einem See wohne.

Durch komplizierte Ereignisse bin ich wieder in meiner alten Studentenbude an der Weizmannstraße gelandet und musste feststellen, dass dort seit rund dreißig Jahren keiner wohnt und ich nach wie vor der Mieter bin.

Die Wohnung war total runtergekommen und ich habe sie in wochenlanger Arbeit wieder renoviert.

In dieser Zeit ist irgend etwas passiert – ich weiß aber nicht was.

Jedenfalls steht plötzlich Pia in der Tür und möchte Nachhilfe in Mathe von mir – angeblich nicht zum ersten Mal.

Dass ich über fünfzig bin, scheint sie gar nicht wahrzunehmen und auch alle anderen tun so, als wäre ich Mitte zwanzig.

Mit Werner bin ich gucken gefahren, was denn aus meinem schönen Haus am See und meiner Frau geworden ist.

Nichts! Da ist einfach nichts und man sieht auch deutlich, dass da noch nie etwas war.

Ich weiß viele Dinge, die in den nächsten dreißig Jahren passieren werden: Währungsumstellung, Fußballweltmeister, Bundeskanzler. Aber ob ich das jetzt erzähle oder nicht: Wer glaubt mir?

Kennt ihr die Geschichte von Kassandra aus der griechischen Mythologie? Die war von Zeus - oder wem auch immer - verflucht worden, weil sie ihn abgelehnt hat.

Als Strafe konnte sie in die Zukunft sehen – aber niemand glaubte ihr.

Ich habe keine Ahnung, was mit mir passiert ist, aber ich möchte auf jeden Fall zurück zu meiner Frau, zu meinem Haus und zu meiner Arbeit."

Pia sagt: „Wir wissen nicht einmal, ob ‚zurück‘ die richtige Richtung ist oder ob es nicht vielmehr ‚vorwärts‘ heißen müsste."

Werners Augen sind nur noch Schlitze, aber seinen bedeutenden Beitrag möchte er doch an dieser Stelle loswerden:

„Wenn die Hinkebein-Fee jetzt hereinkäme und mich fragte: ‚Werner, wenn ich mit dem Daumen schnippe, kann ich dich zehn Jahre in der Zeit zurückbefördern‘ würde ich zu ihr sagen: ‚Komm doch bitte in zehn Jahren noch einmal vorbei, dann kannst Du mich gleich zwanzig Jahre zurückbefördern".

Kurz entbrennt die übliche Diskussion: Die einen möchten auf keinen Fall auch nur einen einzigen Tag zurückversetzt werden, die anderen könnten sich einen völligen Neustart ab Geburt vorstellen. Noch andere möchten für drei Tage ins mittelalterliche Oldenburg zurückversetzt werden, vorausgesetzt, es kann ihnen nichts passieren und dass es nicht zu stark stinkt.

Zukunft ist meistens bei keinem im Wunschprogramm enthalten.

Heinz meldet sich wieder zu Wort, er hat ja – wie bereits gesagt – etwas vorbereitet, das perfekt zu dem passt, was wir gerade besprechen.

„Ich habe kürzlich eine Dokumentation im Dritten gesehen."

Alle verdrehen die Augen im Kopf und Pia raunt mir zu: „Heinz schöpft sein gesamtes Wissen aus Dokumentationen aus dem Dritten." Gemeint sind die dritten Programme im Fernsehen.

Heinz tut so, als habe er nichts gemerkt und fährt fort: „Also, Einstein hat schon erklärt, dass die Zeit möglicherweise nicht gerade und gleichmäßig verläuft, sondern gekrümmt ist.

Der Erfinder der Uhr hat einfach unterstellt, dass die Zeit gefälligst gleichmäßig zu verlaufen habe und seitdem glauben wir das. Aber die Uhr misst ja gar nicht die Zeit, sie weiß ja nicht einmal was das ist. Genau wie wir. Ein Zollstock ist da ein anderes Kaliber. Den legst du neben das Brett und siehst genau, wie lang es ist.

In Wirklichkeit fühlen wir doch intuitiv alle, dass fünf Minuten nicht gleich fünf Minuten sind. Fünf Minuten beim Zahnarzt sind doch mindestens doppelt so lang, wie fünf Minuten – sagen wir – beim Sex."

Werner zeigt mit dem Zeigefinger auf wie in der Schule: „Das hat Thomas Mann auch schon gesagt."

Plötzlich absolutes Schweigen – keiner rührt sich, bis Pias leise Stimme fragt: „Werner, woher kennst Du Thomas Mann?"

Werner gibt den Erstaunten: „Hallo – Allgemeinbildung, sowas weiß man in Deutschland!"

„Und im Ernst?"

Werner deutlich kleinlauter: „Musste in der Zehnten bei Dr. Kleine ein Referat über den „Zauberberg" halten. Vier minus. Das Buch ist dermaßen dick und ich bin etwas zu spät mit Lesen angefangen.

Das mit der Zeit muss relativ am Anfang gestanden haben."

Heinz erkämpft sich das Wort zurück: „Wir alle stellen uns die Zeit wie eine gerade Straße vor. Kein Knick, keine Kurve, einfach immer geradeaus.

Und das nicht nur, weil wir aus Norddeutschland sind, wo es fast nur gerade Straßen gibt.

Wer aber schon einmal in den Bergen war, kennt auch Serpentinen. Das sind Straßen, die in Schleifen und ewigem Hin- und Her ins Tal führen."

Werner: „Wir mussten als Kinder immer mit unseren Eltern im Urlaub nach Österreich. Das war schlimm. Das waren die wenigen Momente, in denen wir die Kinder beneidet haben, die sich gar keinen Urlaub leisten konnten und zuhause bleiben durften. Vater hat sich dann jedes Mal so eine Blechplakette für den Wanderstab gekauft und die mit winzig kleinen Nägeln daran befestigt. Einmal hat er sich dabei dermaßen auf den Finger ...."

Heinz unterbricht ihn: „Also Serpentinen kennt ihr. Die stellt euch doch bitte mal im Flachland vor. Habt ihr's vor Augen? In weiten Bögen immer hin und her und jeweils bei den Kehren trifft man beinahe wieder auf die vorletzte Kurve.

Da gibt es doch dann Stellen, an denen die Schleifen ganz dicht aneinander vorbeiführen."

Werner ist eingeschlafen. Sein Kopf liegt auf dem Tisch, die Arme baumeln schlaff herunter.

Petra nimmt einen unbenutzten Bierdeckel und schiebt ihn vorsichtig zwischen Werners Mund und die Tischplatte.

Auf unsere fragenden Blicke antwortet sie: „Werner sabbert immer im Schlaf. Nachher gibt es Flecke auf dem Tisch, die Pido nicht mehr wegbekommt."

Heinz ist nicht aus dem Konzept zu bringen und er doziert etwas lauter: „ ... an denen die Schleifen ganz dicht aneinander vorbeiführen.

Kann man sich doch vorstellen, oder?

So, wenn ihr euch jetzt noch vorstellt, dass jede Stunde eine Wandergruppe auf dieser Straße startet – jede Stunde eine, wohlgemerkt! Und ihr seid bei der neun Uhr Gruppe.

Jetzt kommt ihr irgendwann an so eine Stelle, an der die Straßenschleifen ganz dicht aneinander liegen und einer fällt über den schmalen Grünstreifen auf die andere Schleife ...

Werner ist wieder wach. Sein Blick ist noch etwas unscharf, aber die alte Hautfarbe kommt langsam wieder durch.

Auf seiner linken Wange kann man die Unterhälfte einer Brauereiwerbung in Spiegelschrift erkennen.

Nein, Werner, ich möchte jetzt keinen Kommentar darüber hören, was der am Straßenrand gemacht hat!

… fällt also rüber, steht auf und:

- es kommt gerade die sieben Uhr Gruppe vorbei, weil der Umweg über die Serpentine zwei Stunden gedauert hat.

Man kann also sagen, er ist in einer anderen Zeit gelandet.

Rückwärts funktioniert das genauso: Du kommst dann zwei Stunden später an und erlebst einen Teil des Weges zweimal.

Die Wissenschaft glaubt ganz fest daran, dass die Zeit solche Schleifen macht und man irgendwann in die Zukunft oder die Vergangenheit reisen oder fallen kann."

Alle sind zunächst stumm und lassen das Gehörte wirken.

Aber nicht lange, denn Pidos vierte oder fünfte Bierrunde – je nach Schleife – entfaltet ihre erste Wirkung.

Petra glaubt, auch für den Weg zum Hinkebein eine gewisse Relativität entdeckt zu haben: „Hin ist immer kürzer als zurück."

„Klar", weiß Werner „wegen der Schlangenlinie."

„Nö, nicht nur" wirft Pia ein, „auch weil wir früher auf dem Rückweg immer noch zu Alif mussten, zum Dönern".

Pia ist mit Abstand die jüngste in unserer Gruppe, sie steht noch unmittelbar vor dem Abitur.

Ich sitze neben ihr und wenn sich ab und zu unsere Hände zwischen den Stühlen treffen, verharren sie einen winzigen Moment zu lange beieinander.

Wir sind beide keine Typen, die händchenhaltend in einer Kneipe sitzen würden. Schon gar nicht, wenn Freunde dabei sind. Aber immer, wenn sich unsere Hände treffen und ich Pia von der Seite ansehe, sehe ich ein ganz feines Lächeln um ihre Mundwinkel.

„Stimmt", räumt Werner ein, „aber Dönern war früher: jetzt gibt es ja Frikadellen bei Pido"

Zwei davon hat er bereits auf meine Kosten verdrückt, wegen des „Landgangs" am Diamantsee. Mit Senf, weil es ja vorher geregnet hatte.

Heinz mahnt an, am Thema zu bleiben: „Haben wir schließlich versprochen."

Petra meldet sich zu Wort und wischt sich den Bierschaum vom Mund: „Ich glaube ja nach wie vor", dabei sieht sie mich an, „dass es nur ein ganz besonders intensiver Traum bei dir war. Das gibt es".

Sie fährt fort: „Ich habe einmal geträumt, dass ich mit wirklich furchtbar netten Leuten an einem Lagerfeuer saß. Es hätte schöner nicht sein können. Wir haben gesungen und uns mit unheimlichem Tiefgang unterhalten. Es war emotional unwahrscheinlich dicht und eine größere Nähe habe ich nie kennengelernt.

Dann klingelte der Wecker und mit einem Schlag war alles vorbei. Ich lag dann wach und habe mich gefragt: ‚wo sind diese Menschen jetzt? Sind sie tot?'

Genau wie Verena. Wo ist sie nun?

Meine Antwort damals war – lacht mich bitte nicht aus: Vielleicht bin in den Augen der anderen ja ich gestorben und sie sind jetzt sehr traurig.

Möglicherweise ist unser ganzes Leben nur ein Traum und das Sterben nur das Aufwachen in einem höheren Leben.

Zumindest wäre das ein sehr tröstlicher Ansatz und würde gleichzeitig erklären, warum sich die Toten nie bei uns melden."

„Das ist ein toller Gedankengang" werfe ich ein, „aber wie passen dazu meine Erinnerungslücken im Wachleben?"

„Bei besonders extremen Träumen" meint Werner „tritt vielleicht so etwas wie geistige Amnestie ein."

„Amnesie" korrigiert Petra.

„Ist das nicht die Betäubung vor der Operation?"

„Werner!!"

„Weiß ich doch – war nur Quatsch."

Heinz fügt noch der Vollständigkeit halber hinzu: „Der Eso würde sagen, ‚es liegt an den Sternen', kann ja auch sein."

Pia findet: „Wir haben – glaube ich - noch nicht die richtige Lösung gefunden, aber vielleicht sind wir ihr ein bisschen näher gekommen. Es ist wenig, was wir haben."

„Weniger ist manchmal sogar mehr" trägt Werner mit erhobenem Zeigefinger vor, „das kann man sogar wissenschaftlich beweisen. Passt auf:

Je mehr Käse, um so mehr Löcher, richtig? Genau, und je mehr Löcher, um so weniger Käse. Stimmt's? Also: Je mehr Käse, um so weniger Käse.

Quatsch erat demonstrandum!"

„quod"

„Meinetwegen."

Ich habe bislang kaum etwas zum Thema beigetragen. Bevor der Abend ganz entgleitet, bringe ich zum Ende noch etwas vor, das mir seit der Ausflugsfahrt zum Diamantsee große Sorgen macht:

„Während normale Menschen Traum und Wirklichkeit unterscheiden können, können zum Beispiel Schizophrene das nicht. Vielleicht werde ich verrückt – oder bin es schon."

Die Reaktion der andern tut mir gut. Alle sind der festen Überzeugung, dass da nichts dran sei: „Das würde man auch an anderen Verhaltensbesonderheiten bei dir gemerkt haben."

„Die These kannst Du vergessen. Darauf trinken wir noch eine Kaltschale. Pido!"

„Ob wir Normalen das wirklich immer richtig auseinander halten können, ist – glaube ich – auch noch nicht eindeutig geklärt", meint Werner. „Ein Freund von mir ist Philosoph und der sagt immer: ‚Die Realität ist eine Fehlwahrnehmung, die durch zu wenig Alkohol entsteht'.

Mein Freund kann allerdings nicht vom Philosophieren allein leben – er ist nebenbei Winzer. Prost!"

Mir schwirren die Gedanken der letzten Stunden noch durch den Kopf. Was ist Realität und was nicht?

Mir fällt der für mich bewegendste Satz aus meinem Studium wieder ein: „Im menschlichen Kopf ist es absolut dunkel und still." Wenn wir die Augen öffnen, lassen wir nicht wie durch ein Fenster Licht in unseren Verstand. Das dringt nur bis ins Auge, wird dort in elektronische Signale verwandelt und dann im Gehirn weiter verarbeitet. Wieviel das Ergebnis mit der Wirklichkeit draußen zu tun hat, weiß keiner.

Für alles, was wir hören, schmecken riechen und fühlen, gilt das gleiche.

Es ist spät geworden. Pido hat die Stühle an den anderen Tischen schon hochgestellt, sitzt aber selbst noch dösend hinter dem Tresen.

Pia zahlt für mich, da sie mir ja nichts für die Nachhilfe gibt. Scheinbar ist das so geregelt: Sie genießt die Nachhilfestunden bei mir und die Eltern zahlen unser monatliches Besäufnis.

Werner wünscht sich eine Serpentine, aus der er herausfliegt und erst wieder im System landet, nachdem sein Deckel bezahlt ist.

Pido räumt ein, dass es nicht so schlimm war, wie beim letzten Mal.

Vorm Hinkebein trennen wir uns.

„Schöner Abend"

„Bald mal wieder machen"

„Tschö mit ö"

Pia und ich schieben unsere Fahrräder an der Uni vorbei zu mir nach Hause. Alles andere als schieben wäre nicht nur für uns, sondern auch den Rest der Welt gefährlich.

Wir versuchen, uns an der Hand zu fassen, das lassen unsere Fahrräder aber nicht zu.

Sobald so ein Fahrrad spürt, dass sein Herrchen oder Frauchen nicht mehr hundertprozentig nüchtern ist, macht es was es will und versucht auszubrechen.

Kapitel 12   Die Entscheidung

Seit unserem Treffen im Hinkebein sind einige Wochen vergangen, ohne dass wir zu einer weiteren Lösung meines Rätsels gekommen wären.

Das Leben hat sich normalisiert.

Die Uni hat wieder angefangen und ich besuche regelmäßig die Veranstaltungen der psychologischen Fakultät.

Viele Inhalte kommen mir bekannt vor, dass betrifft aber nicht nur die Hochschule. Oft höre ich Nachrichten und weiß schon wie sie ausgehen.

Wenn ich Werner wäre, würde ich sagen: „Déjà-vu ist mein zweiter Vorname."

Damit ist eigentlich klar, dass die Traum-Theorie nicht stimmen kann. Aber: Sei's drum!

In der Uni erzähle ich natürlich auch nicht, dass ich zwar erst sechsundzwanzig bin, aber mich noch gut an die Zeiten erinnern kann, als ich fünfundfünfzig war.

Dafür sind mir die Psychologen zu nah an geschlossenen Einrichtungen, die ich nicht unbedingt von innen kennenlernen möchte.

An das neue alte Leben habe ich mich gut gewöhnt

Pia wohnt nach wie vor bei mir. Seit dem letzten Ersten zahlt sie die halbe Miete. Außerdem haben wir Geld zusammengeworfen – unter anderem das für's Zählerablesen von Frau Lebedow – und eine einmeterzwanzig breite Matratze gekauft. Der Boden des winzig kleinen Schlafzimmers ist nun nur noch Matratze, man kann also nicht mehr aus dem Bett fallen.

Oft sagt Pia: „Wenn ich nerve oder Du mich nicht mehr brauchst, sage es bitte. Ich bin dann sofort verschwunden."

In der ersten Abitur-Vorbereitungsklausur in Mathematik hat sie dreizehn Punkte, also eine eins minus bekommen.

Ihre Eltern haben daraufhin die Nachhilfezahlungen eingestellt, was ja irgendwie logisch ist.

Ich muss oft an Verena und Diego denken und frage mich immer wieder, ob es sie noch gibt, ob sie nach mir suchen, um mich trauern oder möglicherweise in einer ähnlichen Situation sind wie ich.

* * *

Die Musik kann ich durch die geschlossene Tür hören, obwohl ich selbst auch das Radio eingeschaltet habe.

Pia hat mich gefragt, ob sie die abgeschlossenen Abi-Arbeiten mit ein paar Freundinnen bei uns im Wohnzimmer feiern kann.

„Männer sind nicht erwünscht – kannst aber nein sagen."

Ich habe nichts dagegen, gibt mir das doch die Gelegenheit, die ganzen Briefe und Karten, die ich seinerzeit aus dem Windfang gefischt habe, einmal durchzugehen. Bislang habe ich sie nur unsortiert in Pappbehälter gesteckt, die hinten wie Ordner aussehen. Elf davon stehen ganz oben auf dem Regal.

Also ziehe ich mich mit einem Sechserpack Bier, Tabak, Blättchen und Feuerzeug in das kleine Arbeitszimmer zurück.

Das gebrauchte Ikea-Regal, der Korb-Schaukelstuhl, der Setzkasten - den ich erst kürzlich in mehrstündiger Arbeit gereinigt habe - und die Kork-Pinnwand, die jetzt nur noch aktuelle Zettel beherbergt, geben dem Raum durchaus Gemütlichkeit.

„Mach was Nützliches" hat sie mir noch mit einem Augenzwinkern auf den Weg gegeben.

Der Plan ist, alle Briefe zu öffnen, durchzulesen und dann zu entscheiden, ob sie chronologisch abgelegt oder entsorgt werden sollen.

Elf Kartons Arbeit lösen bei mir zunächst Widerstand aus und ich setze mich noch ein wenig ins offene Fenster. Von hier lässt sich wunderbar beobachten, wie der fast volle Mond zwischen den gegenüberliegenden Häusern hängt.

Im Radio haben sie gerade wieder den gleichen Unfug verbreitet, wie erst neulich: Merkur im sechsten Haus oder sonstwo. Auf jeden Fall ein astrologisches Ereignis, dass nur alle dreißig Jahre vorkommt und enorme Veränderungen und Ereignisse mit sich bringen kann.

Für wie dumm halten die uns eigentlich? Meinen die, wir merken es nicht, wenn sie uns nach einem viertel

Jahr das gleiche Wunder auftischen, das angeblich nur alle 34 Jahre stattfindet?

Ich könnte direkt einen Leserbrief – oder heißt das dort Hörerbrief? – an den Sender schreiben und mich beschweren.

Bevor ich meine erste Zigarette gedreht und angezündet habe, trägt der leichte Frühsommerwind den Duft von Baumstarks Zigarre durchs Fenster.

Ich beeile mich mit der Fertigstellung meiner Zigarette und lege Gegenfeuer.

Nach einer Weile wird es frisch im offenen Fenster. Ich höre die Mädchen nebenan lachen.

Die Musikstücke, die sie hören, laufen immer nur für wenige Minuten, wenn nicht Sekunden. Sie spielen „Lieder raten und gewinnen". Bis auf eine Teilnehmerin drehen sich alle mit dem Rücken zum Plattenspieler. Die eine legt irgendeine Schallplatte auf und wählt durch millimetergenaues Auflegen des Tonarmes ein bestimmtes Lied aus. Die anderen Mädchen raten um die Wette. Erstens: Wer ist der Interpret, zweitens: Wie lautet der Musiktitel. Wer am schnellsten ist, bekommt ein Streichholz, wer zehn Streichhölzer hat, trinkt einen Charly – das ist Weinbrand mit Cola.

Während die Stimmung immer besser wird, lässt die Rateleistung in der Regel schnell nach – was dann aber auch keinen mehr stört.

Es hilft nichts, wenn die Motivation nicht kommen will, muss man ohne sie anfangen zu arbeiten.

Also schließe ich das Fenster und mache Licht. Dann fische ich den ersten Karton vom Regal.

Er enthält überwiegend Briefe aus den ersten Jahren meiner Abwesenheit. Rechnungen, Mahnungen, letzte Mahnungen, Postkarten, Ansichtskarten und ähnliches.

Das ändert sich auch bei den nächsten Kartons nicht. Im Grunde genommen könnte man das Ganze auch ungesehen in die Tonne werfen.

Mit dem fünften Karton fällt ein kleiner Gegenstand auf den Boden, der oben unbeachtet zwischen den Kartons gesteckt haben muss. Ich hebe ihn auf, betrachte ihn und weiß sofort, worum es sich handelt: Es ist ein Autoschlüssel, wie es ihn heute noch gar nicht gibt. Man drückt nur darauf und öffnet die Tür mit einem Funksignal.

Ich bin wie vor den Kopf geschlagen. Da oben war mein Autoschlüssel - wie auch immer er da hin gekommen sein mag.

Als erstes fällt mir ein, dass ich jetzt allen beweisen kann, dass ich nicht spinne. Ich präsentiere ihnen den Schlüssel und verkünde: „Das habe ich euch aus der Zukunft mitgebracht".

Dann fällt mir aber ein, dass solch ein technisches Teil überall dazugehören kann. Leider habe ich ja kein Auto, das ich vor den Augen der anderen magisch öffnen könnte.

Plötzlich wird mir schlagartig klar: Ich weiß wo mein Auto steht. Ich bin mir sicher, dass es wieder da ist.

Ich denke an Verena, hatte sie schon beinahe abgeschrieben. Wir werden uns wiedersehen, vielleicht schon in wenigen Stunden.

Draußen hat es angefangen zu regnen. Ich nehme an, ein warmer milder Sommerregen.

Ich kann endlich wieder nach Hause! Was brauche ich, was muss ich mitnehmen? Eigentlich gar nichts.

Den Autoschlüssel fest in der Hand, sehe ich mich noch ein letztes Mal in meinem Arbeitszimmer um und verabschiede mich in Gedanken.

Dann öffne ich vorsichtig die Tür zum Wohnzimmer, durch das ich hindurch muss, um zur Haustür zu gelangen.

Die Mädchen spielen noch. Die Weinbrandflasche auf dem Tisch ist noch fast halb voll.

Pia muss auflegen, sie sitzt mit gebogenem Rücken zu mir auf dem Boden vor dem Plattenspieler und bewegt gerade den Tonarm über die sich drehende schwarze Scheibe. Sie muss sich konzentrieren, um möglichst genau den Anfang des von ihr ausgewählten Liedes zu treffen. Zwischen Jeans und T-Shirt kann ich einen kleinen Streifen ihres braunen Rückens sehen - und ich erinnere mich an den zarten blonden Flaum.

Die anderen Mädchen sitzen nebeneinander auf dem Sofa und warten gespannt auf den ersten Ton des nächsten Liedes.

Ich hoffe, dass ich im Flur bin, bevor Pia fertig ist. Die Mädchen lächeln mir zu – ich erwidere mit einem gequält breit gezogenen Mund. Mir ist nicht zum Lächeln.

Jetzt erklingt ein langanhaltender Geigenton aus den Boxen rechts und links. Die Mädchen werden nervös und rudern mit den Armen in der Luft, um das Denken zu beschleunigen.

Dieses Spiel hätte ich gewonnen: „Münchner Freiheit, Solang man Träume noch leben kann."

Ich bin maximal angestrengt, das Herz klopft bis in die Ohren, aber ich habe die Tür fast erreicht.

Pia dreht sich zu ihren Freundinnen um, um zu sehen, wer das Spiel für sich entscheidet.

Sie sieht mich und ihr Lachen gefriert mit einem Schlag. Trauriger als jetzt habe ich ihre schönen blauen Augen noch nie gesehen.

Ich nuschele etwas von „Tabak holen" und „kurz zum Kiosk", weiß aber im gleichen Moment, wie albern und durchschaubar das ist. Pia hat mir erst mittags Tabak aus der Stadt mitgebracht.

Jetzt habe ich die Klinke in der Hand und bin im Nu im Flur. Ich ziehe meine Jacke an und vermeide jeden Blick in den Spiegel.

Zum einen befürchte ich, dass mich aus dem Spiegel ein Schwein anstarrt, dass gerade Menschen verrät, die es absolut gut mit ihm gemeint haben.

Zum anderen befürchte ich, dass ich wieder wie fünfundfünfzig aussehe und Pia deshalb so erschrocken ausgesehen hat.

Ein letzter Hauch von Patchouli, der von ihrer kurzen Jeansjacke ausgeht. Noch einmal tief ausatmen.

Morgen wollten wir mit Werner und Heinz eine Brauerei besichtigen. Das muss nun ohne mich passieren, sie werden es verwinden.

Und wenn nicht, ist es mir auch egal.

Der Regen ist stärker geworden. Als ich raustrete, prasselt er auf das Dach des Fahrrad-Unterstandes.

An der äußersten vorderen Ecke bleibe ich stehen und hoffe, dass der Regen zumindest ein bisschen nachlässt.

Direkt an der Ecke ist ein Regengully in den Boden eingelassen, der jetzt schlürfend und gurgelnd versucht, die Wassermassen zu schlucken.

Ich denke an den Fluss, der Zukunft und Vergangenheit hat. Die Zukunft dieses Wassers ist zunächst der dunkle Gully.

Man kann nur wenige Meter sehen. Es reicht gerade noch aus, die beleuchteten Klingelschilder am Haupthaus zu lesen: „Alma Lebedow", „Graf und Gräfin Lechwitz". Ich brauche mich nicht umzudrehen, um sicher zu sein, dass nebenan eine Klingel mit „Dr. Baumstark" beschriftet ist.

Ganz leise höre ich aus meiner Wohnung die Musik, die sich gegen den Regen behaupten muss.

Die Mädchen spielen weiter.

Ich hatte befürchtet – oder gehofft? – dass Pia mir folgt und versucht, mich zurückzuholen.

Der Regen wird noch stärker; es ist wie Weltuntergang.

Mir fällt auf, dass die Schlitze im Gully etwa die Breite von meinem Autoschlüssel haben. Ich gehe in die Knie und halte den Schlüssel vorsichtig in einen von ihnen.

Morgen soll ein wunderschöner Tag werden, haben die Meteorologen gesagt.

Das leise Platschen, das der Autoschlüssel verursacht, als er in den Regenwasserkanal fällt, werde ich nie vergessen!

Es war beängstigend und schön zugleich.

Nachwort

Ich danke meinen geduldigen Rezensentinnen und Rezensenten, die den Spagat gewagt haben zwischen Loben, Kritik äußern, keinen Unfug durchgehen lassen und trotzdem die Freundschaft nicht gefährden.

In alphabetischer Reihenfolge: Heike Poets, Ingeborg Böning, Mirjam Roth, Simon Böning und Till Combis.

Danke und bis zum nächsten Buch!

MIX

Papier | Fördert
gute Waldnutzung

FSC® C083411

Zeitfracht Medien GmbH
Ferdinand-Jühlke-Straße 7
99095 Erfurt, Deutschland
produktsicherheit@kolibri360.de